页边和听写

【意】埃莱娜·费兰特/著

陈英/译

I margini e il dettato

ELENA FERRANTE

人民文学出版社

著作权合同登记号　图字 01 - 2024 - 2069

I margini e il dettato

by Elena Ferrante
© 2021 by Edizioni E/O

图书在版编目(CIP)数据

页边和听写 / (意) 埃莱娜·费兰特著；陈英译.
北京：人民文学出版社，2024 (2025.1 重印). -- (埃莱娜·费兰特作品系列). -- ISBN 978-7-02-018823-9

Ⅰ. I546.65
中国国家版本馆 CIP 数据核字第 2024KH7640 号

责任编辑　朱卫净　潘爱娟
装帧设计　ablackcat.io

出版发行　**人民文学出版社**
社　　址　**北京市朝内大街 166 号**
邮　　编　**100705**

印　　刷　**凸版艺彩(东莞)印刷有限公司**
经　　销　**全国新华书店等**

字　　数　**45 千字**
开　　本　**787 毫米×1092 毫米　1/32**
印　　张　**4.25**
版　　次　**2024 年 8 月北京第 1 版**
印　　次　**2025 年 1 月第 2 次印刷**

书　　号　**978-7-02-018823-9**
定　　价　**39.00 元**

如有印装质量问题，请与本社图书销售中心调换。电话：010 - 65233595

目录

编者的话

这本书的起因是翁贝托·埃科国际人文研究中心主任科斯坦蒂诺·马尔莫教授的一封电子邮件。我们将部分内容抄录如下：

我期望 2020 年金秋，埃莱娜·费兰特能在博洛尼亚大学做三场讲座。讲座会持续三天，面向全市居民，主要探讨她的创作、诗学、叙事技巧或她想讲的，也就是广大普通读者感兴趣的东西。

"埃科讲堂"是博洛尼亚"名家讲堂"（Lectiones magistrales）的一部分，邀请国内外知名文化人士主讲。21 世纪初，时任博洛尼亚大学高等人文研究院院长的翁贝托·埃科决定开办这个讲堂。第一期讲座由埃利·威塞尔（2000 年 1 月）主讲，最近一期由奥尔罕·帕慕克（2014 年春季）主讲。

后来新冠疫情暴发，城市实行封闭管理，公众活动无法进行。费兰特受邀后写下了三篇讲稿。2021 年 11 月，博洛尼亚阳光剧院与 ERT（艾米莉亚-罗马涅剧院）合作，女演员曼努埃拉·曼德拉奇亚替费兰特诵读了三篇讲稿的内容。

《但丁的肋骨》是费兰特的阅读和写作之旅的延续，这篇文章是应意大利学研究者协会（ADI）的邀请，具体来说，是受阿尔贝托·卡萨代教授和协会主席吉诺·罗齐的邀请撰写的，后来在"但丁及其他经典"研讨会（2021 年 4 月 29 日）上，学者和评论家蒂兹亚娜·德洛卡蒂斯在会上宣读了这篇讲稿。

桑德拉·奥佐拉

痛苦和笔

LA PENA E LA PENNA

各位女士，各位先生：

今天晚上，我将和大家谈谈我对写作的狂热，以及我最熟悉的两种写作方式：一种循规蹈矩，另一种汹涌澎湃。在今天讲座的开始，请允许我从一个小女孩学习写字开始谈起。

最近，一个我很关心的孩子（在此，我们姑且这样称呼她为塞西莉亚）想给我展示她自己名字写得有多好。我给了她一支笔，还有一张打印纸。她命令我说："你看着我。"她全神贯注，非常吃力，一个字母一个字母用印刷体写下了她的名字"塞西莉亚"（Cecilia）。她眉头紧锁，目光专注，如临大敌。我很高兴，也有些不安，有几次我忍不住想：我得帮帮她，引导她的手，我不想让她犯错。但她独立写完了自己的名字，根本就没考虑要从页首开始写，她一会儿上，一会儿下，辅音和元音字母大小都很随意，字有的大，有的小，有的中等，字母之间还有很大空隙。写完之后她转向我，几乎是叫喊着说："看到了吗?"她迫切需要我的表扬。

当然，我热情地表扬了她，但我感到一丝不安。我刚才为什么担心她写错？我为什么想去引导她的手？这些天，我一直在思考这个问题。当然，几十年前我应该也用同样的方式在纸上写过字，也可能写得很不规整，但同样专注，带着忧虑，迫切需要别人的赞美。但说实话，我对那段记忆毫无印象，我对写字的最初记忆始于小学的笔记本。这些笔记本有黑色的横线（我不知道现在还有没有），用来划定不同的区域。像下图这样：

Dettato

Prova a leggere in fretta queste parole:

Questo e quello, quando e quanto, quinci e quindi, qualche e quale, quinto e quivi, quattro e quarto, quercia e quiete, quasi e quadro, quassù e

从一年级到五年级，格子的大小会发生变化。如果你控制自己的手，学会把那些小而圆的字母，还有上下翻飞的字母排成一排，你就能进入下一年级，页面上的横线也逐年变少，到五年级时会变成一行。像下面这样：

痛苦和笔

你长大了——六岁开始上学，现在你已经十岁了。你长大了，写字时，一行行字母会整齐地在页面上奔跑。

跑向哪里呢？好吧，白纸上不仅有黑色的横线，还有两条红色的竖线，一条在左边，一条在右边，写字就是在这两条线之间移动。这些线（对此我记忆深刻），曾经折磨着我。黑色的横线和红色的竖线出现在那里，是为了表明：如果你写的字没在这些线之间，就会受到惩罚。写字时，我很容易分心，虽然我几乎总能紧贴着左侧边缘写，但往往会越过右侧边缘，要么是为了写完一个词，要么是很难将字母分开，为了不越过竖线，新起一行。那些边界让我感受深刻，我经常因此受到惩罚。即使是现在，我写字时仍能感到红色竖线的威胁，尽管这些年来，我用的纸上已经没有那些红线了。

我想说明什么呢？我如今觉得，当年我的笔迹就像塞西莉亚写的字，都融入之后的笔迹，成为笔记本的一部分。我不记得当时的字体，但它应该就在那里，经过不断训练，处于线条和页边线之内。也许第一次写字，就像开启最初的模式，到现在，每当幽暗的东西浮现在纸上或电脑屏幕上，成为一连串文字符号，那些不可见的东西突然变得清晰可见，我依然有一种虚荣的感觉。那些字母临时组合在一起，肯定很不精确，而它们出现在我眼前，很接近我脑子里最初涌动的东西，但一经导出，就脱离我而存在。对我来说，这个过程总是有一种天真、不可抗拒的魔力。如果要用文字符号呈现那种能量，那应该像塞西莉亚写她的名字一样，用一种无序的方式，期望有人看着她写，并从那些字母中看到她的努力，热情地赞美她。

从青少年时期起，我在狂热的写作中，可能一直受到那些红线的威胁，我渴望打破那些线，但同时感到畏惧。现在我的书写特别工整，包括用电脑打字，写完几行后，我会进行设定，让那些文字工整对齐。通常来说，我觉得我对写作的感觉——包括需要面对的困难，和完美停留在界限之内给我带来的满足感有关，但在循规蹈矩的同时，我也感觉到一种失去、浪费。

我从一个小女孩尝试写下自己的名字开始谈起，说到这和写作的关系。但接下来，我要请诸位进入到泽诺·柯西尼的字里行间，他是伊塔洛·斯韦沃（Italo Svevo）的伟大作品《泽诺的意识》的主人公。在这本书中，斯韦沃也描述了泽诺费力的写作，在我看来，泽诺的努力和塞西莉亚很类似。我们看下面这一段：

> 吃过午饭，我舒舒服服躺在单人沙发上，手里拿着铅笔和纸。我脑子彻底放松了下来，额头很平展。我觉得，思绪像从我身上分离出去了，我可以看着它在上升、下降……不过这是它唯一的活动。为了提醒它：它是思绪，它的任务是表达自己，我拿起了铅笔，这时我的眉头皱起来了，每个词都由好几个字母组成。**当下**很霸道地涌起，让**过去**变得模糊。

　　写作的人从自己如何艰难开始写作写起，这比较常见。我觉得从古到今，很多作家都提到过这一点。我们想象，通过写下来的文字，我们把充满幻影的"内心世界"拉扯出来，"内部"当然难以捕捉，在谈到文学时需要更加关注。我也深受诱惑，痴迷于收集相关的例子。从小到大，斯韦沃的这一段文字一直很吸引我。我不断写作，虽然我觉得写作很难、结果常常让人失望，读到斯韦沃的这段文字时，我确信泽诺遇到的问题和我很类似，但他懂得更多。

　　就像你们刚才听到的那样，斯韦沃强调说，一切都源于一支笔和一张纸。他揭示了一种让人惊异的分离：写作的人的"自我"和他的思绪分开了，在分开的同时，他能看到自己的思绪。那不是一个具体、固定的意象，他的"思绪-幻象"处于动态，它会升起、落下，在消失之前，它要揭示自己，准确的动词就是这个——"揭示"（manifestarsi），这个动作意味深长，让人想到它是用手完成的。那些浮现在我眼前、不断变化的东西，是活生生的，应该"用拿着笔的手捕获"，变成写在一张纸上的文字。这看起来很容易操作，泽诺的额头开始很平展，但现在皱了起来，对他来说这很艰难。为什么呢？斯韦沃提出了一个很吸引我的看法。这种艰难源于当下——当下的所有事，包括正在一个字一个字写作的我，也没法让"思绪-幻象"停留，清晰地呈现出来。当下首先涌现出来，过去总是趋于模糊。

读了这短短的几行文字，我把讽刺过滤掉，强行让自己接受它们。我想象一种对抗时间的奔跑，在与时间的赛跑中，写作的人总是会落在后面。实际上，那些字母迅速排列在一起，它们强行出现，宣告自身的权利。幻象转瞬即逝，写作总是不太精确，让人遗憾。写作需要太多时间来呈现脑波的活动，"好几个字母"太慢了，它们费力地呈现过去，而它们也正在成为过去，很多东西都会遗漏。在重读自己写的东西时，我感觉有一种声音从头脑里冒出来，会传递比文字承载的更多的东西。

小时候，我不记得我有没有想过：我头脑里有一个外人的声音。没有，我从来没有这种病态的感觉。但当我写作时，事情越来越复杂，我会读很多书，所有我喜欢的书，基本上都不是女性写的。我觉得，从纸上传来的是男人的声音，那种声音占据了我，我想尽一切办法来模仿它。我大约十三岁时，这是一段很清晰的记忆，我感觉自己写得好时，我觉得是有人告诉我该怎么写、怎么做。有时是一个男性的声音，但他是隐形的，我甚至都不知道他是不是和我年纪相仿，是个成年男子还是已经老了。更多时候，我必须承认，我想象自己虽然还是女性，却变成了男性。幸运的是，这种感觉在我青春期结束时就基本消失了。我说"基本"是因为：那个男性的声音离开了，但障碍留了下来。我觉得，正是我女性的头脑在抑制我、限制我，让我变得迟缓，就像一种先天不足。对我来说写作很艰难，再加上我是女孩，因此我不能像那些伟大作家一样写出了不起的作品。那些作品的品质，还有它们的力量点燃了我的野心，让我产生了一些我觉得自己无法实现的目标。

后来，可能是高中快要毕业时，我不太记得了，我偶然读到了加斯帕拉·斯坦帕①的《诗集》(*Rime*)，其中有一首十四行诗对我影响很大。现在我知道她采用的是一个传统的诗歌主题：在爱情面前，语言远远不够，无论是对凡人的爱，还是对上帝的爱。但那时我并不知道这一点，让我入迷的是，她用一种不断循环的方式表达爱的痛苦，她的文字一直都带着这种无法避免的缺憾。她展示出诗歌和诗歌所描写的主题之间的不对等，那些点燃爱火、活生生的东西和"肉体凡胎、凡人的语言"之间的不对等。读到这些诗句时，我感觉那些话就像是对我说的，我将它们摘录如下：

> 假如像我这样卑劣、懦弱的女人
>
> 内心可以燃起这么崇高的火焰，

---

① 加斯帕拉·斯坦帕（Gaspara Stampa，1523—1554），意大利文艺复兴时期重要的女诗人。

为什么我不能从这世间
汲取一点风格和灵感?

如果爱神用了全新、不同寻常的方式,
点燃我,让我上升到我无法掌控之处,
违规的爱神,为什么不能让我的笔
找到表达爱的痛苦的字词?

唉,若是我天资不够
那也应有奇迹出现
可以打破、穿越,最后抵达。

现在的状况,我说不出,
我只感到心中
新语言留下烙印。

后来,我比较系统地学习了加斯帕拉·斯坦帕的作品。但我想告诉大家，那时就是第一句中的"卑劣、懦弱的女人"一下子打动了我。斯坦帕告诉我，如果我——像我这样没有任何价值、卑微的女人，内心都可以燃起那么崇高的爱火，为什么我不能有一些灵感、优美的语言来描述那种爱火，展示给世界？如果爱神点燃了一种非同寻常、全新的火焰，让我飞得很高，到了一个我之前无法抵达的地方，为什么他不能打破常规，让我手中的笔（penna）能表达我内心爱的痛苦（pena）？从另一个方面来说，如果爱神觉得我天分不够，他也可以创造奇迹，打破那些束缚着我们的各种限制。我没法用语言来表述发生的事，但我可以证明，我内心有一种新语言留下了烙印。

那时候，我也觉得自己是个卑劣、怯懦的女人。就像我所说的那样，我很害怕正是作为女人的本性，阻止了我用笔靠近想要表达的痛苦。真的需要一个奇迹。我想，一个迫切需要讲述的女人，通过写作把她想要表达的展示给世界，为什么她要打破那些边界，那些束缚着她的、天生的东西？

后来时间过去了，我读了其他东西，我觉得很明显，加斯帕拉·斯坦帕完成了一个全新的创举。她不仅运用了男性诗歌写作的一个传统主题——爱的痛苦无边无际，而我们的表达能力很有限，而且在这个主题之上，她加入了出人预料的元素：在"凡人的语言"中，女性的身体勇敢探索，在"肉体凡胎"之内，她利用自己的笔和痛苦，缝制了一件语言的外衣。在笔和痛苦之间，无论是男是女，这种连接很坚实，本身已经形成了一种不对应。斯坦帕告诉我们，在男性传统的书写中，女性的笔是一种意外状况，没有预设，因此她们必须非常勇敢（五个世纪之前和现在情况也差不多），用力打破"常用的技法"，给自己打造一种"风格和灵感"。

我记得在大约二十岁时，我有一种清晰的感觉，那是一种恶性循环：假如我觉得自己写得好，我就要像男人那样写作，严格处于男性写作传统之内；但作为女人，如果无法努力打破我从男性文学传统中学到的东西，就无法像女人那样写作。

从那时候开始，有几十年的时间，我写了很多东西，但一直都处于那个死循环。基于一种我紧迫需要讲述的东西，一种绝对属于我的东西，我会坚持写下去，持续写几天、几个星期，有时甚至是几个月。尽管刚开始的冲击力消失了，但我还会坚持写下去，每一行都改了又改。但这时我的指南针失去了指针，我写的每个字都很迟疑，因为我不知道要向哪个方向去。我告诉你们一件听起来很矛盾的事：写完一个故事，我很高兴，我感觉小说写得很完美，但我会觉得那不是我写的，不是从内心激发出来的。我做好了一切准备，这个故事受到了召唤，在整个写作过程中，我觉得自己潜伏在语言中间，但另一个循规蹈矩的我——她找到了一条便捷的道路，只是为了在最后说：你们看，我写的句子多棒，多么好的意象，现在故事写完了，你们表扬我吧。

就是从那时开始，我明确地想到，我有两种写作方式，一种在我上学时已经展露出来了，确保我能获得老师的表扬：好棒，你会成为一个作家的；另一种会时不时露出头来，然后消失，让我很不满意。这种不满，随着时间的流逝呈现出不同的形式，但从根本上来说，它（不满）依然在那里。

在那种精心算计、平静、顺从的写作里，我感觉束手束脚，很不自在，但说得更明确一点，这让我觉得自己会写作。加斯帕拉·斯坦帕更新了丘比特的利箭，让它变成了一把火绳枪，通过那种写作，我燃烧火药、制造火花。后来我意识到，我的子弹无法射得很远。这时我在寻找另一种写作方式，更肆无忌惮，但事情并不能让人满意，那种放得开的时候很少。按照我的经验，好像开始几行还可以，但不能持续太久，否则那种状况会很快消失。或者在写了一页又一页之后，那些文字依然具有爆发力，它们所向无敌，毫不疲惫，也不会停止，冲劲很强大，我甚至不会注意到标点符号，但忽然间，那种劲头会离我而去。我一生的大部分时间都写着一些节奏缓慢的文字，希望那都只是铺垫，期待那种难以抵御、不可抑止的时刻会到来。这时候，我是用脑子里的碎片进行写作的人，期待通过一个忽然的动作，会拥有所有可能，我整个身心充满了力量，我开始狂奔，用网子打捞我所需要的世界。那是非常美好的时刻。斯韦沃说，有些事要求被写出来，需要被写作的手捕获。我，就像加斯帕拉·斯坦帕说的，是一个"卑劣、怯懦的女人"，我内心有某种东西想打破常规，找到新的风格和灵感。但根据我的经验，那种东西转瞬即逝，很难捕获，很容易从手中逃脱。当然了，你可以召唤它，可以用一句很漂亮的话把它固定起来，它出现在某个瞬间，你在下一个瞬间开始写，要么时间衔接得特别好，你找到了一条让你喜悦的写作道路，要么你只能满足于和那些词语的死缠烂打，等待再次灵光一现的时刻，在那个时刻的你准备更充分、更专注。打算写一篇小说是一回事，执行计划、写出说得过去的小说是另一回事。写作全凭运气，和你召唤的那个世界一样不稳定。写作的灵感有时会爆发，有时会消失，那个世界有时是一个人，有时是一群人，有时小声低吟，有时会高声呼喊。总之，它会警惕，会怀疑，会滚动、闪烁，会反思，就像马拉美的"骰子一掷"。

　　我读弗吉尼亚·伍尔夫（《一个作家的日记》）时记的笔记，我经常会拿出来看，就是要搞清楚那种对我来说难以捕捉的写作。我把这些话推荐给大家，因为时间有限，我只选很短但对我来说很重要的两段。第一段是表面上看起来很稀松平常的对话，是伍尔夫和林顿·斯特拉齐的对话：

　　　"您的新小说怎么样了？"

　　　"噢，我把一只手伸到袋子里，抓住什么是什么。"（原文：*Oh, I put in my hand and I rummage in the bran pie.*）

"真神奇。结果总是不一样。"

"是的，我不是我自己，是二十个人的合体。"

就是这些元素：手、袋子、二十个人。你们看，这几句自嘲的话说明了两个问题：首先，写作全凭运气，随意性很大；其次，写作所捕获的不是仅限于个人的，而是深深根植于每天的日常生活中，是二十个人的东西。伍尔夫说出这个数字，就是想说：当我写作时，我也不知道自己是谁。当然了，这里我引用另一段话，伍尔夫说，她并不是弗吉尼亚：

人们相信，从粗糙的原材料里可以产生出文学，这是一种错觉。我们要脱离生活——的确如此，这就是为什么西德尼的闯入会让我很不适——置身事外：非常专注，集中在一个点上，脑子里有个固定的居所，并不需要考虑自己性格里那些散乱的碎片。西德尼闯进来了，而我是弗吉尼亚，我在写作时只是感觉的接收者。有时候，只有当我是个零散多变的普通人时，我很高兴自己是弗吉尼亚，现在……我只想成为感觉的源头。

我觉得，伍尔夫的想法很明确：写作就是盘踞在自己的头脑里，不让自己被庸常的生活分散注意力，因为那个伍尔夫要面对各种各样无数的琐事。至于我，小时候看到这里，那就好像在说：噢，是呀，我很乐意做弗吉尼亚，但真正写作的并不是弗吉尼亚，参与写作的是二十个人，所有超级敏感的人，他们的注意力都集中在握笔的手上。那只手的任务就是伸到一个袋子里，抓上来一些文字、词语、句子。真正的写作，是在文学的积淀中翻找的过程，找到你需要的语言。没有弗吉尼亚，弗吉尼亚不过是不经提炼的、生活中的名字，是写作者的名字，她只是在顺从地写作。写作的人没有名字，是纯粹的敏感性，受到文字的滋养，在一种无法抑制的力量的推动下生产文字。

我被这段话迷住了，它表达了这样一个思想：有一个存在，独立于具体的人——户籍本上的弗吉尼亚，在写出那些文字时，她处于一种绝对的专注状态，与外界隔离。只是对于我来说，越来越难以践行这一点。我感觉，那些男女作家谈到这一点时经常会很不满。你们想一想，当我们说：故事是自然呈现的，人物也是自己成形的，语言自己浮现出来。就好像不是我们在写作，而是居住在我们身体内部的一个人在写，按照一条从古到今的传统脉络，那些人说出了：神的告解；圣灵的降临；狂喜；无意识的语言；我们如何被人与人的交集捕获、塑造，等等。我曾经有过这样的体验，有时我想厘清思绪，那些思绪并没有厘清，我还是回到了自己，回到了那两种写作，它们没有分离开来。第一种写作——循规蹈矩的写作，里面包含着第二种写作。如果把第一种写作去掉，那我什么都写不出来了。这是一种让我遵守界限的写作，从我上小学，开始在那两条红线内写字起就是这样。因为这个缘故，我是个很慎重、可能有些怯懦的人（我从来都不够勇敢，这让我恼火），我学到的规矩让我写出了那些处于界限之内的文字。但我每天都在进行演练，从日常生活中抽身而出，并不觉得很艰难。有时我想，假如是弗吉尼亚·伍尔夫，她也会带着同样的顺从姿态写作。

问题是另一种写作，那是伍尔夫为自己设定的，她把这种写作定义为各种感受的集合，就像第一种写作，这些感觉来源于大脑，那里只有神经元。我写作时能感觉到它的存在，却没法指使它。头脑不知道怎么办才能彻底摆脱它，或者控制它的出现，也许是不愿意。就这样，我的笔胡乱写点东西（这也是我从伍尔夫那里学到的：scribbling），主要是遵守某种游戏规则，等待着真正的写作到来。

实际上，我的工作主要建立在耐心之上。我在讲述中等待，从一种根植于传统的写作中，有些东西忽然涌现出来，搅乱纸上的文字，那个卑劣怯懦的女人就是我，在寻找说出自己的话的方式。我很乐意运用古老的写作技巧，我的时间和生命都用在学习何时、用何种方式使用这些技巧上。我小时候就热衷于写那些爱与背叛、充满风险的调查、可怕的发现、走上歧途的青少年、经历波折又化险为夷的故事。我从做读者的青少年时期，理所当然过渡到了写作者漫长、充满挫败感的实习期。那些类型文学是安全区域，是坚实的平台，基于这些平台，我找到一个故事模糊的雏形，就心平气和开始训练，我很慎重，也充满乐趣。同时我一直在等待着：我脑子会发散开来，开始出错，有很多个界限之外的"我"紧密团结在一起，抓住我的手，通过写作拉扯着我，让我来到之前畏惧的、让我感到疼痛的、未知的地方，我可能会迷失的地方。在那个时刻，那些规则——我学到的、运用的规则会发生塌陷，袋子里的手不是拿出需要的东西，而是抓住什么是什么，而且动作越来越快、越来越失衡。

这样真的能写出好书吗？不能，我觉得不能。就我的经验而言，这种写作到最后，尽管有一种难以抑制的力量在传递一些东西，但依然无法填补写作和痛苦之间的缝隙，留在纸上的依然会很少，比你感觉捕捉到的更少。也许就像所有事一样，你需要懂得如何获取、挽留、容纳，认识到它的优点和缺点，学会运用。我没有做到，我觉得我可能做不到。很长时间以来，我都觉得那是一种破坏的工具，像一把榔头，会拆除把我封闭起来的围墙，但它会带来毁坏，现在我认为这是个天真、先锋的想法。就像所有害羞、顺从的人一样，我有一种从未说出口、无法坦言的野心，我想从既定的写作模式中走出来，让它蔓延出来，摆脱任何形式。但后来那个阶段也逐渐过去了，甚至是萨缪尔·贝克特，了不起的贝克特，他也说过：我们唯一离不开的东西，无论是在文学还是其他东西中，就是形式。于是我决定采用坚实的传统结构，同时耐心地等待自己能够写出所知的真相，全身投入在失衡与变形中，为自己争取空间。对我来说，真正的写作就是这样，不是一个经过学习的优雅动作，而是一种本能的抽搐。

我引用贝克特是出于很明显的原因。那些投身于写作的人大多都会留下一些文字，说明那个躲在脑子角落的自我，在努力写出文字。我不怀疑，那些文字不仅仅是向写作的激情致敬，而且是一道门，或者一道打开的窗户，通过它，我们可以看到那些作品的意义、缺点和价值。现在就我而言，贝克特在《无法称呼的人》里，完美地呈现了这一方面。我要引用的这一段文字很长，请大家原谅，我本来想引用更多，甚至是整本书。我们看看下面这段：

> ……我由语言组成，我就是语言，也有别的语言，别的是什么啊，场所、空气、墙壁、地板、天花板、语言，宇宙都在这里，和我在一起，我就是空气、墙壁、活墙、塌陷，打开，来到源头，流动起来，我是飘絮，我是所有那些飘絮，它们相遇，聚集

在一起，然后散开，无论去哪里，都能找到我，我沉
溺于自己，走向自己，离开自己，都只有我自己，我
的一部分，碎片，重新得到又失去，缺的那块，我是
一些语言，我是所有语言，所有奇怪的语言，我是那
些语言的尘埃，没有底部可以沉淀，没有天空可以散
开，它们相遇，逃离，就是为了说，我是所有这一
切，那些聚合的、分离的、无视的，正是这样，是
的，还有其他东西，我也是所有其他东西，暗哑的东
西，在一个坚硬、空洞、封闭、干燥、干脆、黑暗的
地方，这个地方，所有一切都一动不动，不会为任何
事说话，我在倾听、感受、寻找，就像一只生在牢笼
的野兽，一只生于牢笼的野兽，一只生于牢笼的野
兽，一只生于牢笼的野兽，一只生于牢笼的野兽，一
只生于牢笼的野兽，生于牢笼死于牢笼，生于牢笼死
于牢笼，生死都在牢笼，牢笼里的生死，在牢笼里生
然后死，就像一只野兽，我说，我就在找像这样的野
兽，我用我可怜的工具，对于同类只剩下害怕和愤

怒，不是这样，怒火已经没有了，只剩下害怕……

这种整齐而凌乱的喧闹声，都是一个由语言组成的"我"制造的。在这种喧闹声中，经过一段段历程，引向了一连串长长的、笼中的野兽影像，一切都源于恐惧。在这些句子里，我找到了共鸣。在读到这段之前，我脑子里有另一个意象，源于我的母亲：那是一个语言碎片的旋涡，它让我眩晕，也让我感到害怕，在我的想象中，那是一片被洪水吞没的土地留下的残骸。那些"碎片"（frantumaglia），我母亲带着恐惧跟我讲到她头脑里的东西时，也让我感到害怕，以至于很长时间我都更乐意接受牢笼的意象。牢笼有稳固的边界，这会让我感到安心，因为有周围有界限。我是个小心翼翼的人，到一个地方总是会关上身后的门，很长时间以来，我总是倾向于让自己像某个人，而不是感觉自己毫无特点。在一个牢笼之中，"碎片"的旋涡，最近几年又开始浮现出来，我觉得比之前更容易控制了。

我小学时候用过的笔记本，有黑色横线和两边红色的竖线，当然也是一种牢笼。但从那时开始，我开始写一些小故事，从那时开始，我倾向于把任何事情都变成干干净净的文字，一切都很和谐、井井有条，保证可以获得赞誉。但头脑里那些不和谐的喧闹留了下来，我自己清楚，我后来确信：我可以拿出来出版的书，文字都来自那些喧闹。也许，那是可以让我获救的东西——然而用不了多久，拯救就会成为迷失。在整洁的规范之下，有一种能量一直想要打乱这一切，带来混乱、失望、错误、失败，还有肮脏的东西。那种能量一会儿从这里冒出来，一会儿从那里冒出来。随着时间的流失，写作对我来说，就是给我"一直追求平衡和失去平衡"的状态赋予一种形式，就像把碎片规整起来，等着它们再次变得凌乱。就这样，当爱情小说最后变成了爱情褪去的小说，我觉得这才是好故事。当我知道，没人会发现凶手是谁，这样的侦探小说才开始吸引我。当我觉得没人会得到教育时，那些成长小说在我眼里才步入正轨。精彩的文字变得精彩，是因为失去了和谐的风格，开始具有丑的力量。那些人物呢？如果是光明磊落、言行一致，我觉得他们很虚假。当他们说一套做一套时，我会觉得他们很吸引人。"美即丑恶丑即美"，这是《麦克白》里神奇的讲述者——几个巫婆说的话，她们当时正在飞过肮脏的雾霾。关于这一点，我们下次再聊。

蓝宝石

ACQUAMARINA

蓝宝石

各位女士、各位先生，

今天，我将从我十六七岁时给自己立的规矩开始讲起。我在一本保留至今的笔记本上写道：写作的人的任务，是把自己给别人或别人给自己的冲击写下来。为了强调这一点，我引用了德尼·狄德罗的《宿命论者雅各和他的主人》里的一句话：说出事情的原本。但那时我根本就没读过这本书，这是我很喜欢的一位女老师引用的话，也是她给我的建议。

我从小就对真实发生的事情充满热情，总想把那些事准确地描写、描述、记载下来，必要时也会选择闭口不谈。我无法控制自己，总想着冲向这个世界、其他人，把发生的事情讲述出来。我想，所有偶然催生一个故事的东西，都在故事之外冲击着我们。我们也会扑向这些事情，陷入其中，变得迷乱。我们体内除了脆弱的器官，别无其他。我们说的"内心生活"其实是头脑的持续波动，那些闪烁的东西想要呈现出来，成为具体的声音和文字。我环顾四周，充满期待，那时对我而言，写作主要是视觉性的：颤动的黄叶，咖啡壶亮闪闪的金属部件，母亲无名指上蓝宝石戒指发出天蓝色光芒，几个在庭院里争吵的妹妹，戴着蓝围裙、大耳朵的秃顶男人。我想变成一面镜子，把那些浮光掠影的碎片前后联系起来，镶嵌在一起，故事就诞生了。这对于我来说再自然不过了，我一直都这么写作。

但那个时期过去了，一切变得复杂起来。我不再安于现状，开始问自己：为什么是这样，而不是那样？这样行得通行不通？在短短几年时间里，我感觉自己已经不会写作了。我写的任何东西都无法和我喜欢的书媲美，也许是因为无知？缺乏经验？或者是因为我是女人，有点矫揉造作？要么就是我很笨，没有天赋？我写下的任何东西都死气沉沉：房间、窗子、社会、好人、坏人，人物的衣服、表情、想法，还有那些物件，即使拿在手里也了无生气。还有声音，我居住的城市的方言，在写作中让我很不适，一旦写下来就和真实的方言相去甚远。我努力写出优美的文字，方言夹杂其中，感觉很刺眼。

我想举个小小的例子，是从我多年前的笔记里找出来的：母亲手上的蓝宝石戒指。那是真实存在的物件，再真实不过了，但在我的头脑中，没有任何东西比它更飘忽。它在方言和意大利语间，在时空中移动，总是和我母亲的形象联系在一起，伴随着我对母亲的依恋或敌意，时而清晰，时而模糊。那枚蓝宝石闪闪发光，是一个闪闪发光的现实、闪闪发光的我的一部分。哪怕我试着通过描写——我尝试了多少种描写啊——把它单独呈现出来，赋予它天蓝色的光泽，但在描写中，这块宝石就失去了它的本来面目，变成了我的情绪和想法，一种时而愉悦、时而痛苦的感情，它会失去原有的光泽，就像掉进了水里，或被我朝上面哈了口气。结果就是，我的语气不由自主会变得激昂，就好像这样可以让它恢复闪耀。我想，写成"淡蓝色的光芒"可能会好一些，或者根本不需要什么光芒，描写色彩就够了。"一块天蓝色的蓝宝石"，但我对"蓝""天蓝"不太满意，我翻阅词典，写下了"湖蓝"，但"青色"又有何不可呢？青色的蓝宝石，发出青色光的蓝宝石，我觉得这很有表现力。但散发着青色光芒的蓝宝石，或者青色蓝宝石散发的光芒，会和它勾起的意象扩散开来，映射在我母亲的故事上，映射在我构想的那些传统那不勒斯母亲身上，会和母亲生硬的方言产生强烈反差。我不清楚这是好是坏。我只知道，现在这个小小形容词会把我带出这个真实、黯淡的家庭故事，把我带入一个有点哥特风的黑色故事中，虽然有些不情愿，但我很快就从中脱身。算了吧，别"青色"了，我已经失去了信心。那枚真实存在的戒指，作为我真实经验中的真实物件，本应该赋予写作真实感，却让人感觉太虚假了。

蓝宝石

　　我在这枚蓝宝石上费了那么多口舌，只是为了强调，从青少年起我就顽强地追求"真实"，后来却证明我在这个方面无能为力。我无法精确还原现实，甚至没法讲清楚事情是什么样的。我尝试写作想象出来的故事，以为这样会简单一些，后来也放弃了，尝试转向新先锋主义。但我还是需要基于那些真切发生在我或其他人身上的事，这种需求很强烈。我以认识的人为原型，塑造了一些人物，我描写他们的动作和说话方式，就好像我看到、听到的样子。我会描写风景、光线的变化。我会忠实描述不同的社会阶层，呈现迥异的经济、文化环境。尽管很讨厌方言，但我还是在写作中给方言留了一席之地。总而言之，我记下了一页页笔记，都来自真实经历，但我得到的只有挫败感。

　　这时，就像经常会发生的那样，我在读书时偶然遇到了一本对我很有用的书，那就是《宿命论者雅各和他的主人》，我把这本书从头到尾看了一遍。但关于这本书，我不想说它有多么重要，那要从劳伦斯·斯特恩的《项狄传》①谈起。说来话长，这本书早于《宿命论者雅各和他的主人》，还对后者产生了影响。如果大家没有读过这两本书，建议去看一下，这两本书都说明了这一点：讲述一个故事很难，但越难越会让人想去讲。在这里我唯一想强调的是，多年后，我终于搞清楚了老师引用的那句话的语境和故事背景。

"说出事情的原本。"主人命令宿命论者雅各。雅各回答说："这很难。因为每个人都有自己的性格、兴趣、品味和爱好，这难道不会让他们夸大或削弱事实吗？说出事情的原本！在整座城，我敢说，一天都不会发生两次！也许听话的人比说话的人更重要？当然不是。由此可以推断，在一座大城市里，能明白别人说什么，或许一天能发生两次就不容易了。"主人斥责说："雅各，你

---

① 完整书名为《绅士特里斯舛·项狄的生平与见解》，是 18 世纪英国文学大师劳伦斯·斯特恩（Lawrence Sterne，1713—1768）的代表作之一。

胡说什么？由此推断，我们是不是要禁止使用舌头、耳朵？那岂不是什么都不能听，什么都不要说，什么都不能信了！你还是随便说吧，我会尽我所能去听，尽量相信你。"

我之前已经读了一大堆讨论这个问题的书，都是些很难的书，但并没把事情说清楚。简单来说，我读到这里时，获得了一丝安慰。我写的那些或长或短的故事都离我的理想很遥远（我对于写作有不切实际的野心），这或许不能简单归因于无能。雅各强调说，讲述现实，这从根本上来说就很难，需要考虑到讲述者本身就是一面变形的镜子。那我们只能放弃吗？当然不是。主人回答说，千万别丧气，尽管很难还原真实，但你可以努力。

于是，很长一段时间，我都在尽自己所能写出事情的真相。我不再像之前那样苛求自己，后来我觉得，我写了一本还不赖的书，我产生了把它寄给出版社的想法——这对我来说是前所未有的事。我还想附上一封信，详细解释我是怎么想到要写这部作品的，是基于什么人、哪些真实发生的事。我真的动笔写了那封信，写了很多页。一开始，一切似乎都很清晰。我提到了围绕着真实事件，在什么样的情况下，小说中的故事逐渐形成。我写了一些真实的人和地点，经过筛选和扩充，一点点变成了故事中的人物，还有事情发生的背景。我还提到了自己遵循的传统，对我有启发的小说：它们有时帮助我塑造一个人物，有时让我布置一个个情景，甚至是设计一个动作。最后，我会分析事情为什么会发生变形，变得残缺不全，但我也为之辩护，因为这无法避免，我会进行分析，把这当成一种必要的媒介。

但我越是沉浸于这些材料之中，文字所表达的真相就越来越复杂。因为这里有很多我、我、我。我有放大缺点、回避优点的倾向，有时正好相反。尤其是在那本书中，我隐约看见（我觉得这是第一次看到）一些模糊的东西浮现，但写下来会让我很痛苦，因此我没有把它们写出来。我渐渐变得语无伦次，最后只能停下笔。

我并不是想说，我凌乱的写作在那一刻突然找到了突破口。在那之后很多年，我又读了很多重要的东西，也写了些不尽人意的东西。在此我想鼓起勇气说，如果我在写作上有一些小小的发现（可能是很幼稚的发现，但对于我来说很重要），那是因为我遵循了一个不太严谨的写作原则（尽可能说出事情的原本），还有那封写给出版社的自省的信。

我举几个例子：

第一个小发现。在那之前我一直用第三人称写作。那封信我用的第一人称，真是越写越语无伦次，但同时也越投入，我觉得这是可以尝试的方式。

第二个小发现。我意识到在成为文学现实的过程中，现实会无法避免地沦为一系列丰富的表达技巧。如果这些技巧运用得好，会让读者产生这样的感觉：书中讲述的故事就是真实发生的，具有社会学、政治学、心理学、伦理学等内涵。总之，讲述的并不是事实真相，那只是一些迷惑人的手法。为了达到真实的效果，应该假装没人写过或讲过的"真实"就在那里，"真实"得到了完美呈现，让人忘记了文字符号。

第三个小发现。每个叙事都会有一位讲述者，或女或男，他们因天性、成长背景不同，只能是现实"碎片"的一块，无论他们是隐藏在故事中还是间接出现，或假装成叙述者"我"，或间接以整个文学装置的作者——作品封面的名字出现。

第四个小发现。在没有意识到的情况下，我从追求绝对现实主义，变成了持怀疑态度的现实主义者。现在可以说，只有当我也作为外界的一部分在讲述自己时，我才能讲述外界。

第五个小发现。在文学写作中，永远不可能把碎片的旋涡，强行规整在语法和句法的框架下，正是这些"碎片"构成了真实。

上世纪八十年代末至今，我写作出版的书都是在这些信念的支撑下完成的。三十多年前，我就告诫自己：执着于讲述出事情的原本可能会让人束手束脚，因为无数的失败和偶尔的成功，可能会让我变得又聋又哑，变得虚无，因此我只能尽我所能去讲述。至于结果，谁知道呢，也许我运气比较好，会讲出事情的原本。我在不断尝试和错误中一步步向前。起初我只是不想让执着于写作的双手劳而无获，但后来我越来越投入：我塑造了一个第一人称的叙述者，在与世界偶然的互动中，她非常激动，她辛苦建立起来的自我也在不断变形，她遭受的伤痕、损害，她的焦虑激发了一些始料未及的可能。当她以这种方式经历一个越来越难以掌控的故事时，这或许已经不是故事，而是一团乱麻，不仅"讲述者"，包括作者本人，在写作的过程中都被卷入其中。

《烦人的爱》就是这样：黛莉亚是个有文化、刚强、独立的女性，她把自己包裹在这个外壳里，带着异常坚定的决心，在一个"侦探"故事的模式中采取行动，后来一切——包括这个"侦探"故事本身——都渐渐瓦解。《被遗弃的日子》也是这样：奥尔加是个有文化的女人、妻子、母亲，在一场婚姻危机中，她带着痛苦和机警在努力应对，直到一切——"婚姻场景"的类型本身——开始瓦解。《暗处的女儿》更是如此：勒达也是个知识女性，她离了婚，两个女儿已经成年，她很自如地在一个小小的恐怖小说里行动，直到一切——"恐怖"小说本身——开始瓦解。在这些书中，我的态度变得缓和，不再坚持讲述"外部"的情况。有一种特定的讲述姿态，我从来没表露出来，我的任务是在现实主义文学的长卷中写出真实的故事。我从文学宝库中汲取了所需的东西（不同的文体写作技巧、效果，甚至是低俗的手段，为什么不能用呢？），并没有区分高低俗雅。我并非变成一个讲述的声音（没有声音，没有对不同声音的模仿），我转为用第一人称写作的女性，在写作过程中，我会讲述在某些特定的条件下确实会发生偏离、冲击、出人意料的颠簸，都会使她依存的稳固棋盘陷入危机。

我想重点谈一下刚才提到的这点。我想象，黛莉亚、奥尔加、勒达是用第一人称在讲述，在读者眼中，是她们在写作，这一点对我来说很重要。这让我可以想象（我要特意强调"想象"这个动词），写作的"我"并不是一个在履行其他各项职责，同时也在搞文学的女人，而是一个纯粹的文学创作者，这个作者在创作黛莉亚、奥尔加、勒达的文字的同时，也塑造了自己。我觉得，这是在划定"自由"的界限，在这个范围内我可以尽情施展，不必自我审查，展示出才能和无能、缺点和优点、无法愈合或缝合的伤口、幽暗的情感和情绪。不仅如此，我觉得可以让这种双重写作带来成果。因此我尝试过协调两种写作，运用那种顺从的笔法，推动伪现实主义缓慢前行，用那种最狂野的文字，用它的虚构，来粉碎之前的虚构。

在这三本书中，我都是用一种严密、紧扣主题的方式开场，构建起一个世界，每个"脚手架"都在正确的地方。那是一座坚固的笼子，是我用必要的真实效果构建起来的，我隐秘地运用了古今的神话，也采用了我从阅读中获取的东西。后来，一种混乱的写作降临了（至少我很在意这一点，我希望这种写作降临），这种分崩离析的写作会产生很多"矛盾修辞"：美丽的丑恶，丑恶的美，会掀起矛盾与不和谐。这种写作会把过去带入现在，又将现在带入过去，混淆母亲和女儿的身体，颠覆既定角色，把女性的痛苦怨毒转变成一种真正的毒药，会卷入动物，把动物和人混合在一起，会杀死动物，会让一道普通的门忽然打不开，又莫名其妙可以打开，会让树木、蝉、涌动的大海、别针、娃娃和沙虫充满威胁，带来痛苦、致命的威胁或者救赎。

这两种写作都是我的，黛莉亚、奥尔加、勒达单独的写作也都属于我。我描绘人、时间、空间，但使用的语言都来自人物、空间、时间本身，就像造物者与造物，各种形状用一种让人眩晕的方式混合在一起。总之，这种写作是虚构故事中，黛莉亚、奥尔加和勒达随机讲述的结果，也是作者"我"——一个永远不会完成的虚构，被多年的阅读塑造，充满写作的狂热——有意虚构让写作变得凌乱的结果。我可以说，我就是她们的自传，正如她们也是我的自传。

至此，我不想再谈论那三本书，我感觉依然对它们知之甚少。但我想再补充一点，我在想象黛莉亚、奥尔加、勒达这三个人物时，她们因为生活中发生的事，都变成了严格密封的人。过去，她们曾经试图和别人建立起桥梁，但最后失败了，成了孤家寡人。她们没有来往的亲戚，也没有朋友。她们不相信自己，不相信丈夫、情人，甚至不相信自己的孩子。没人知道她们身体的样子，没人描述这一点。她们是故事唯一的信息来源，没办法将她们的版本与其他人的版本进行对照。除此之外，她们好像距离发生的事情特别近切，无法看清整个故事，无法知道她们有些话的真正含义。这正是我所希望的。在写作中，我拒绝保持距离。如果她们零距离审视自己的伤口，那我就零距离呈现她们的痛苦。我——

作者，已经融入了她们的体验中，像她们一样孤立无援，我会避免自己从真正见证事情真相的局外人视角去写作。

在《烦人的爱》和《被遗弃的日子》中，那种自我封闭是一种写作的选择。比如，我和黛莉亚都不知道她母亲在沙滩上经历了什么；我和奥尔加都不知道她的公寓门为什么忽然坏了，又突然可以打开。我可以像黛莉亚和奥尔加一样做出假设，也和她们一样满足于这种假设，因为我们都无法验证真伪。

最极端的、精心设计的处境是在《暗处的女儿》中。故事中，勒达做了一件匪夷所思的事：她偷了那个娃娃，自始至终她都无法解释自己这个行为的意义。我——埃莱娜·费兰特，我构思了我的小说，还有她的讲述，营造了一种极端的情况，就是让我们两人的讲述陷入孤立，到达一个无法回头的点。我们都变得精疲力竭，集中体现在最后一段对话中，勒达对两个女儿说："我死了，但我很好。"

有几年，我都觉得《暗处的女儿》是我最后的作品，或者是出版的最后一本书。我年轻时对绝对现实主义的狂热追求已经消退了。随着时间的推移，只剩下对真相的追求。我拒绝夹杂着方言的自然主义纪实文学，拒绝华丽的美文写作，拒绝那些永远抬着头、斗志昂扬的女英雄。我小说中的女人，我觉得是用一种真实的方式讲述她们，讲述自己，最后的结果是她们都陷入了一种唯我论中，但我依然坚持这一点。我看到，作为作者，要是不这样，只能让故事变得不真实。如果没有别人的推动，就很难讲故事，这条老规矩一直很稳固。

后来，很偶然的情况下，我重读了菲尔特瑞奈利出版社（Feltrinelli）的一本书：《你看着我，讲述我》(*Tu che mi guardi, tu che mi racconti*)。1997 年还是 1998 年这本书刚出版时，我就读过，作者是阿德里亚娜·卡瓦列罗（Adriana Cavarero）。第一次读这本书，并没有给我带来多少好处，反而动摇了我从《烦人的爱》开始一直坚持的路线，虽然书中对女性讲述自己故事以及渴望被讲述的冲动的分析引人入胜。或者在我的记忆里，事情就是这样。不过我想谈的不是初读，而是重读这本书的感受。

那时，我正试图从《暗处的女儿》的死胡同里走出来，写一部关于母女关系的新作品，那应该是一本长篇，应该在时间上延伸开来，按照我的想法，那是一个持续七十年的故事，这时再次拿起卡瓦列罗的书，我觉得它就像一本我从未读过的新书。我发现她引用了凯伦·布里克森的《走出非洲》，还有小说中与鹳有关的寓言。激发我灵感的是其中一章的标题：《必要的另一个女人》(l'altra necessaria)，这一章记录了与汉娜·阿伦特的一段详细对话，主题与自恋有关，最后得出了这样的结论：

> 必要的另一人……就是一个具体的存在，是另一个人，脆弱、不可替代，也无法判断。

　　我记得这段话让我很震撼。我觉得，"必要的另一人"也许就是我所需要的，这样可以让我在延续前三本书主题的同时也有所突破。

　　但我想要从头说起，卡瓦列罗在写作中参考了很多作品，也借鉴了意大利重要的女性主义著作《别以为你有权利》(*Non credere di avere dei diritti*)，这本书由米兰女性书店出版。她从中摘录了一个关于女性友谊的小故事：二十世纪七十年代，工会斗争为工人获取了一项权益，为没完成学业的男女工人开设为期三年的课程，包括职业教育和非职业教育，共一百五十小时。艾米莉亚和阿玛利亚就是在这个背景下认识的。阿玛利亚是个天生的讲故事高手，开始她觉得艾米莉亚很无聊，一直在讲同样的故事。但后来她们要相互阅读对方在课上练习写的故事，阿玛利亚开始对艾米莉亚、对她写的文字产生了兴趣。艾米莉亚很欣赏阿玛利亚的才能，甚至流下了羡慕的眼泪。因此阿玛利亚决定写下艾米莉亚的生活经历，并把写出来的文字送给她。这份礼物让艾米莉亚很感动，她一直都随身带在包里。

很多年前我就读过《别以为你有权利》，但我并没有注意到艾米莉亚和阿玛利亚。卡瓦列罗却将书中短短两页里这两个有些单薄的女性人物提取出来，用充满智慧和明锐的笔触谈论她们。她指出了"女性友谊的叙述特点"。你们要听听这一句，她说："两种自述交叉起来，同时也能产生相互写传记的效果。"她写道："这很有效……这是一种互动机制，每个女人可以讲述的事会成为自述，对方会从中得知一个故事，会讲给别人听，当然会再讲给故事的主人公听。"她总结道："简单来说，我把我的故事讲给你，为的是你讲给我。"我看到这里很振奋，这对我来说简直太有用了，我正要写一部长篇，里面有两个女人——一对好朋友，她们的人生交织在一起，但不像艾米莉亚和阿玛利亚的故事那么有建设性。

我重新拿起了《别以为你有权利》。这本书中关于艾米莉亚和阿玛利亚的那几页，对我当时正在构思的小说启发很大，我发现了卡瓦列罗没有直接引用的一段话，它激发了我的想象力。阿玛利亚，那位出色的讲述者，有一次谈到艾米莉亚时说："那个女人**真的**知道事情是什么样的，她写的句子都很零散，**但真实而深刻**。"（罗森伯格与塞利尔出版社，1987 年）。我马上喜欢上了那些字眼："真的""真实而深刻"。阿玛利亚喜欢写作，也觉得自己很擅长写作，我不由自主对艾米莉亚的尝试产生了钦佩之情。我甚至能感觉到，阿玛利亚对于艾米莉亚写出来的东西，流露出了一种类似嫉妒的情感，尽管她很出色，但她知道自己无法和艾米莉亚媲美。

于是我开始变得夸张，就像往常一样。卡瓦列罗写道："我们不知道，艾米莉亚放在包里的那几页备受珍爱的纸上写了什么。"但她既不为失去阿玛利亚的文字感到遗憾，也不为艾米莉亚的零散的句子丢失感到惋惜，这些片段被她称为"书写自传的笨拙尝试"。理由很充分：卡瓦列罗的分析倾向于强调讲述两个女人之间的友谊产生的积极作用，而不是处理两种文本之间的动态关系。但我对失去那些文本感到很惋惜，我觉得那些文字与我作为写作者遇到的问题很接近，因为我很清楚什么是勤奋的写作，什么是突破边界的写作。我幻想着，如果我能拿到阿玛利亚的作品，就能在其中辨别出艾米莉亚写的真实而深刻的句子。我几乎可以肯定，莱农和莉拉①的写作故事，灵感就来自这些想象。实际上对我来说，读到阿玛利亚表达钦佩之情的话（我必须承认），她朋友的"零散的句子"很快就变成了"真正的写作"，一种发自内心的写作（但丁会这样表达："那些文字几乎是自己倾泻出来的"②），会落在某个笔记本的红色横线之间。简而言之，我想象阿玛利亚通过杰出的写作才能，把艾米莉亚残缺的文字整合在一起，而艾米莉亚——"必要的另一个人"对此很满意。

---

① 莱农（Lenu）和莉拉（Lila）是作者的长篇小说"那不勒斯四部曲"的主人公。

② 原文是 quasi come per se stessa mossa。

　　这里我要说的是，卡瓦列罗没有把这个评价用在艾米莉亚身上，而是用在了爱丽丝·托克拉斯（Alice B. Toklas）身上，这个人的自传（注意是自传，而不是传记）是格特鲁德·斯坦因（Gertrude Stein）写的。好吧，《爱丽丝·托克拉斯自传》这本书我几十年前就读过，我读得特别不用心。我为我的长篇小说打草稿时，重读了这本书，正是阿德里亚娜·卡瓦列罗写的那几页文字促使我重读了它。我想告诉大家，小时候读这本书时，我一点儿都没有看懂，《爱丽丝·托克拉斯自传》是本特别棒的书，架构和行文都很有创意。下面我抄录卡瓦列罗的一些句子，正是这些话，让我重新审视这本书：

　　　　这本书是自传和传记的重叠……格特鲁德通过
　　她的朋友、同居者、情人爱丽丝之口，来讲述自己的
　　生活……格特鲁德·斯坦因带着强烈的自恋，通过交
　　织的故事，成功写出了一部文学作品，她在里面闪闪

发光，而爱丽丝就像观察她，讲述她的故事的另一个
女人……

也许正是从这里开始，莱农和莉拉之间的关系，她
们的写作之间的关系，对我来说变得更加清晰。也许正
是基于这一点，我开始觉得可以摆脱奥尔加、黛莉亚、
勒达了，尤其是，我要致力于塑造一个必要的"他者"，
讲述两人之间的关系，她们彼此融合，但又不能完全
相容。

正是在这个目标的引导下，我仔细重读了《爱丽
丝·托克拉斯自传》。在我看来那本书写得很成功，因
为在写作中，或许也在现实中，卡瓦列罗所说的"斯坦
因的自恋"实现了双重功能：首先是作者的功能，格特
鲁德·斯坦因在作品上署名，其次是封面上的作者名
字，对应书中的人物——格特鲁德·斯坦因。但请注
意：如果你要阅读或重读这本书，请跟随爱丽丝·托克
拉斯的讲述一行一行往下看。作为叙述者，她表现很出

色，叙述很详尽。这显然不是巧合，自传的最后几行很精彩，格特鲁德看到女友还没有打算写自传，于是承诺帮忙写。在切萨雷·帕维泽 ① 翻译、艾诺迪出版社出版的译本中，这个承诺是这样表述的："我会像笛福写鲁滨孙自传那样，写这本自传。"我亲爱的朋友、爱人兼妻子，我会用给别人写自传的唯一方式写你的自传：把它变成第一人称小说，你就是第一人称主角，就像一个女"鲁滨孙"，绝不是"星期五"。除此之外，虽然爱丽丝作为妻子，是书写天才妻子的合适人选，但是如果她没有必要的文学素养，怎么能在文本结构中用一种让人信服的才能，不仅刻画出"天才的妻子"——这是一件很有益处的事——而且要显现出一个"天才妻子"格特鲁德，并用第三人称的形式让她在一大群男性天才中熠熠生辉？

现在，我想引用爱丽丝写的一段有名的话，结束今

---

① 切萨雷·帕维泽（Cesare Pavese，1908—1950），意大利诗人、小说家、文学评论家和翻译家。

天的演讲，那是她第一次见到格特鲁德时的情景：

> 我被她的珊瑚胸针，还有她的声音所吸引。可以
> 这样说，我一生中只见过三个天才，每次都在我心中
> 激起了强烈的震动，每次我都没有看错；我感受到他
> 们是天才，都是在他们的天分得到公认之前。我说的
> 三位天才是：格特鲁德·斯坦因、巴勃罗·毕加索和
> 阿尔弗雷德·怀特海。

　　我最后想强调一件事。让我觉得神奇的是：一个女
人——封面上署名的女人，她通过"必要的另一个人"
之口，大胆地把自己说成是天才，并和两个男性比肩，
还把自己放在第一位。如此厚颜的行为让我觉得有些好
笑，甚至有些可爱。我不敢百分之百确定，但我想正是
在那一刻，我决定把已经用了一段时间的标题《必要的
朋友》改为《我的天才女友》。这个问题，我会下次再
来谈。

历史和我

STORIE, IO

各位女士，各位先生，

我们最后这一期会面，我将从艾米莉·狄金森（Emily Dickinson）的一首诗讲起，这是一首关于历史和女巫的短诗。这也是为了延续上次讲座的主题，讨论《我的天才女友》时，我提到了写作可以激发其他写作。这首诗只有几句：

> 历史上，巫术被处以绞刑，
> 但历史和我，
> 我们每天在身边
> 都能找到所需的巫术。

　　我想告诉大家我喜欢这几句诗的原因，就是骄傲地将"历史和我"联系起来的"和"。第一行诗里的"历史"是写下来的历史，是将巫术送上绞刑架的历史。另三行诗句由转折词"但"开启，有个"我"——一个与过去的历史融合在一起的"我"，由于与"历史"结合，每天都能找到所需的巫术。

　　几十年来，我大概就是这样理解这首诗的，它会让我联想到那些女巫。让我振奋的是：一个女性的"我"，从之前那些抑制女巫技艺的写作中汲取养分，形成自己的写作，会根据自己的需要施展这些技艺，让日常生活中那些不可能交融的人和物融合在一起。因此今天我想告诉大家，在促使我写出《我的天才女友》的各种灵感中，也有这些诗句勾起的意象：一个坐在桌前的女人，她的写作就像在挑战，几乎是一场清算。她来势汹汹，想要写出"历史和我"，把"我"和"历史"放在一起，带着冲动写出一大串文字，从排斥女巫的写作中，提取出一个运用巫术的故事。随着时间的推移，我觉得我塑造了那个女人在当下社会的姿态（她眉头紧皱，目光狂热），我看到她在都灵的一套公寓里用电脑写作，想要塑造其他女人：母亲、姐妹、朋友——一个"女巫"朋友，讲述那不勒斯的那些场所，发生在亲戚和熟人身上的事，他们的痛苦，还有过去六十年的"历史"，把所有这些故事从那些已经写出的文字中挖掘出来。我觉得我写的是真的，那是和我相关的真相。

在继续讲别的主题之前，请允许我回到格特鲁德·斯坦因和她的《爱丽丝·托克拉斯自传》。我想从中再汲取一些关于写作的东西，也是我所关心的，就是受到其他作品激发的写作，如果可能，我想找到这本书的真相。

正如陀思妥耶夫斯基所说，"真实的现实生活"（vera "vita vera"）是作家的执念和痛苦。无论能力多少，我们创作小说不是为了让假的看起来像真的，而是为了通过虚构，以绝对的忠诚说出最难以言说的真相。格特鲁德·斯坦因在那本书中对海明威的评价是"无赖"和"懦夫",她说海明威"没胆量"(yellow)。她之所以这么写,因为在她看来海明威并没有讲述自己真实的故事,那个故事如果写出来,一定会是一部伟大的作品。但海明威只是局限于"忏悔"(她用的就是"confessions"这个词)、出于方便的忏悔(斯坦因一直用这个词),这有利于让他的职业生涯延续下去。

我们暂且不讨论这种话术,就是用和善的语气说别人的坏话,这在《爱丽丝·托克拉斯自传》中很常见。斯坦因主要指责的并不是海明威试图说出真相,但最后的结果只是充满谎言的忏悔。她真正谴责的是:海明威本可以利用自己的才华,写出真实的自己,为我们提供成功的、好的文学作品,但他出于机会主义,写出了全是谎言的作品。这时候,下一个问题只能是:如果海明威原本可以成功写出真实的自己,但他只是写出了对职业生涯有用的"忏悔",那么斯坦因为了不犯同样的错误,会采取什么方式写下真正的自己呢?

我想告诉大家我的想法。斯坦因并不拘于用一种很容易操纵的文学形式，即她有点草率地称之为"忏悔"的写作，来书写自己在这个世界上的存在。她也没有给自己设限，设定一种自己擅长的风格，赋予那些文字她的语气，而是选了像自传这种风格结构很明确的体裁，并使之发生变形、变得残缺。这就是她的创意，也许狄金森会说，这就是她的巫术。她把她自己、爱丽丝及其他人的真实履历、传记材料写了进去，但不是通过一种很容易掌控的文学形式，而是通过另一种虚构的形式。这种形式可以、也应该发生变形。

大家思考一下你们在《爱丽丝·托克拉斯自传》的封面上看到的东西。封面很明显调侃了那些小说在诞生之初想要达到的真实效果，假装献给读者的不是虚构的故事，而是对地狱之旅的真实描述，是重新发现真实的手稿、书信、日记。基于对小说这些古老装置的应用，格特鲁德·斯坦因应该让我们看到一个真实的自传，那是她为虚构的人物写的自传。然而这个小说装置遭到了迎头一棒，发生了变形。格特鲁德·斯坦因（真实的人，也是作者，《爱丽丝·托克拉斯自传》的作者）不是虚构，而是真实的人。在这本自传中，自传的叙述者大部分讲的不是自己，而是另一个人，即斯坦因——一个才华横溢的真实人物。

有人可能会说，这是一个"奇怪的花招"，但这样说太偏颇了，太贬低作者了。斯坦因想要展示的是：写出一个真实的斯坦因，并非简单写出真实发生的事，而是对文学写作的庞大内容采取有力的行动，一些当时看起来最舒适、最优美的形式，对于我们"真实"写作的意图来说却是个致命陷阱。要实现这一点，她对待自传——爱丽丝是传记信息的提供者——的态度就像在写虚构作品，就像一位女士需要用自传形式来"讲述生活，表达观点"，就像马克·吐温笔下的哈克贝利·芬恩一样。但这样一来就加入了虚构让人眩晕的元素，真实的爱丽丝无法抵及那一点。斯坦因的文字真的是爱丽丝·托克拉斯打出来的，爱丽丝也是帮助她校对的人。因此正如文本中所说，她是最了解斯坦因作品的读者。事实上，这本书给人的感觉是爱丽丝不断地在纠正、添加、说明、注释，到最后，这本虚构性自传似乎是两个女人共同写就的。事实上，她们坐在一起，一位口述，另一位坐在打字机前打字，她们会停顿、回忆、讨论。

正是这一点颠覆了虚构、真实自传和自传真实之间的传统关系，使斯坦因的书成了对于想写作的"我"来说很重要的一课。对今天的我们而言，这无疑是比海明威的书更具启发性的一课。海明威的错误在于，他小心翼翼遵守着一场古老游戏那些众所周知的规则；而斯坦因的贡献在于，她接受一些古老、众所周知的规矩，这没有问题，但她要把规矩打乱，使之为她的目的服务。

当然，在斯坦因和海明威的对照中，有一个本质的问题：无赖与否，懦弱与否，职业与否，写出真相是很难的，也许是不可能的。在《地下室手记》中（此处我引用了保罗·诺里的译本），陀思妥耶夫斯基通过可怕的主人公沃兰德说道：

> 现在，我们特别不习惯我们的感受。我们对"真实生活"产生了排斥，无法忍受生活的种种提醒。我们几乎到了这样的地步，认为真正的"真实生活"像一种负担、一份工作，以至于大家都认为，书中呈现的现实生活要好一些。

任何在文学上有抱负的人都知道，正是从"真实生活"中，产生了大大小小的推动力，促使人们写作：渴望表达爱情和生活的痛苦，还有对死亡的不安；要让这个扭曲的世界步入正道，寻找一种崭新的精神，来重塑自我；迫切想为底层发声，谴责权力及其暴行；对预言未来的灾难，以及规划未来的幸福世界的需要。有一天早上，我内心被某些东西触动了，也许只是做了件对不起母亲的事，一个渴望写作的"我"出现了，写下了一部小说的开头。很快，由他人的故事构成的小说的漫长传统将我围绕，那些故事曾经感动过我，或让我气愤。那些故事和我自己的经历很相似，我不会考虑故事是用什么语言表达的：无论是通过书籍、报纸、电影、电视，还是通过歌曲表达。有很多技巧，可以把"真实的生活"推向写作。所有这些，我几乎都在不知不觉中学会了。对我来说，很自然就能把那些混乱的经历融入到这种形式中去，这是一种美好的经历。如果进展顺利，如果有一点天赋，我就能写出一些句子，让我感觉自己讲述了发生在我身上的事情的原本。我会自豪地对自己说：看呐，这就是我的声音，我用我的声音来讲述自己的真实生活。其他人也会这么跟我说。我每次都会寻找自己的调子，如果它迟迟不来，我会担心失去了它；如果来了，我很快又会担心会损耗它。

你们听到了吗？全是我的，我的，我的（mia，mia，mia）。我们重复了多少次这个所有格形容词？事实上，在写作上向前迈出的一大步，恰恰是相反的东西，就是我们发现：我们得意地认为是属于我们的东西，其实属于别人。我们和世界的关系，任何时候都是绝对属于我们的。但文字并非如此——我们写在笔记本上、红色竖线间的文字并不属于我们。我们必须接受一个事实：没有任何词语真正属于我们。我们必须放弃这种想法：写作就是奇迹般地发出自己的声音，有自己的语气。在我看来，这是在以一种倦怠的方式谈论写作。其实事情正好相反，写作就是每次都会踏入一片无尽的墓地，那里每座坟墓都等待被亵渎；写作就是沉浸于已经写就的一切小说、散文和戏剧，无论是伟大的还是流俗的文学（只要用得上），并在旋涡般纷乱复杂的个性中，形成自己的写作；写作就是占有所有已经写就的作品，慢慢学会使用这些巨大的财富。有人会说，"这位女作家有自己的风格"。我们绝不能听信这些奉承。在写作中，所有一切背后都有漫长的历史。甚至我的反抗、狂热，我的打破界限，这些冲动在我之前就已经出现了，在我之后也依然会存在。因此在谈到写作的"我"时，应该马上补充说明一点，我谈的是那个阅读的"我"，甚至是一些漫不经心的阅读，或者最别有用心的阅读。我也应该强调这一点，我读过的每本书，都带着大量其他作品的影子，我有意无意都能捕捉吸收到。简而言之，讲述自己的快乐与创伤、世界的意义，这意味着以各种各样的方式持续和其他人的写作相遇或者冲突，有时是用心寻找，有时是偶然出现，有时是好的结果，有时是破坏性的。写作的"我"最严重的错误、最大的天真是"鲁滨孙式"的：也就是把自己想象成鲁滨孙，享受着荒岛上的生活，假装从船上带下来的那些东西对他的成功没什么用处；或者像一个新时代荷马，不对自己说实话——其实他加工的是人们已经口口相传的东西。我们不是在创造，而是在重新创造"真实的生活"。一旦意识到这一点，如果我们不是"懦妇"或"懦夫"，我们就会努力寻找一种方法来讲述"真实的生活"。

　　总的来说，写作是个牢笼，从写下第一句话开始，我们就进入了这个牢笼。这个问题可能会带来不安，可以说是焦虑，尤其是那些尽最大努力，非常投入地讲述"真实生活"的人。比如英格博格·巴赫曼 [①]，她穷其一生努力坚持"真实的言说"。在她 1959 年至 1960 年的法兰克福诗学讲座中，提到了写作的"我"的多重性。第三讲的题目就是《写作的"我"》，她谈到了虚假的风险一直存在，对于今天那些热爱文学的人仍然有效。在第五讲中，她提出了一条规则，对我来说这是很重要的一课。你们听一下（阿德尔费出版社，意大利文版由旺达·贝雷塔翻译）：

　　　　……我们必须顽强工作，对所继承的糟糕语言进行改造，抵及一种主宰着我们的直觉、我们会模仿但

[①] 英格博格·巴赫曼（Ingeborg Bachmann，1926—1973），奥地利女作家，于 1953 年发表首部诗集《延宕的时光》，代表作有《大熊座的呼唤》《所有的桥都孤独》等。

从来都没主宰过的语言。

我要向你们强调的是这句：我们必须顽强工作，对所继承的糟糕语言进行改造。我先指出这句话，再请大家听另一段引文，那段话来自1955年巴赫曼的一次采访，给我留下了深刻印象，我经常引用这句话，根据自己的需要加以调整，就像对她说的许多其他话一样。当时记者提到了现代诗歌复杂、抽象的语言，她回答说（拉特扎出版社，意大利文版由钦齐娅·罗玛尼翻译）：

> ……我认为，那些古老的意象，比如默里克和歌德曾用过的，不能再继续使用了，也不应该再用了，因为在我们口中会听起来很虚假。我们必须寻找真实的句子，与我们的意识，与这个已经变化的世界相适应。

你们看，变化的世界在冲击着我们；我们的意识

记录着自己的遭遇；存在一种掌权了的话语；写作的
"我"能感受到那种语言，并尝试将直觉转化为真实的
话语。但事实是，我们并不能抛开陈旧的意象、糟糕的
言语，这些都会出现在我们眼前，它们依然存在。我们
去哪儿挖掘新意象和好的言语呢？如果我们想获得从来
没有出现过的东西，我们的写作只能对既存的文字进行
加工——哪怕是默里克和歌德的语言，从我们嘴里说出
来也很虚假。不过，怎样进行工作呢？让我们来看看巴
赫曼法兰克福诗学讲座第一讲的最后一段：

　　任何一个普通人的诗歌，也能时不时发现亮点。
一个好故事，一篇写得很精巧、读起来很畅快的小说
是存在的。现在没有出现好作品，当然不是因为缺乏
天才。存在偶然命中靶心的作品，那是让人惊异的极
少例外，可能成为我们喜欢的东西。然而，只有确定
的轨迹，前后连贯地揭示问题，一个独一无二、无以
复加的文字、形象和矛盾的世界。可以让我们觉得一

个诗人的注定伟大。

情况就是这样，悲剧的是：事情就是这样。在世界的冲击下，无论是谁都能写出一些不错的东西。但一个诗人，只有当我们在他的作品中看到独一无二、无法复制的文字、形象和充满矛盾冲突的世界，他才是真正的天选诗人。然而，我们怎样去运用继承来的糟糕语言、虚假的词语来成功创建一个真实的世界，它会站住脚，发展起来，这很难说。在过去的那么多年里，我的想法经常发生转变，但我一直都很重视继承下来的文字，不管是否愿意，写作的"我"是由这些文字构成。当我在"糟糕语言"中汲取我需要的东西，也从不会低估那种推动我写作的偶然性。我想，根据巴赫曼的观点，需要把好的诗歌、好的短篇小说，普通人写得很精巧、读起来很畅快的小说，和那些天选作家的作品区别开来。对文学的命运来说，这是很重要的区分。但我倾向于想象，首先，常人和非凡之人都在一片土地上工作：文学写作的大地有着大教堂、乡下的教区、昏暗小巷里的小房子；其次，机缘也很重要（就像一只手伸进口袋，从里面掏出词语），无论是渺小的作品还是伟大的作品都一样。那些真实的、好的或划时代的作品，都是在已经写就的文字中寻找出路。那些写就的文字变成陈词滥调之前，也是真实的文字，也是从陈词滥调中挖掘出来的。在这一系列大大小小的链条中，在每个或大或小的环链节上，都有不懈的努力、偶然的灵感，艰辛和运气。那条会被圣光照到的"通往大马士革的路"①并没有明显的标识，这条路就像其他道路一样，一个人在埋头苦干、大汗淋漓之时，可能会偶然发现：还有另一条可能的路线。

因此，如果不加入写作的巨大"圈子"，那就不是写作了？正是如此。写作不可避免地会和其他作品产生瓜葛，在已经写就的文字中偶然会冒出一个句子，会让你

---

① 基督教典故，指的是圣保罗去大马士革，被圣光照到后归信的故事。

写出一本受欢迎的小说，或者一本指明方向的伟大作品，会构建一个由语言、形象和冲突组成的独一无二的世界。

　　如果这对于写作的男性"我"是这样，那对于写作的女性"我"更是这样。一个想要写作的女性，不可避免要和滋养她的所有文学财富做清算，她的渴望和她能表达的东西都是基于这些财富。不仅如此，她还要考虑到这些文学遗产基本上都是男性留下的，因为本质的不同，这里没有真实的女性的句子。那个写作的"我"从六岁开始，接触的大部分文本都是男性写作，并认为这是普遍的写作。我自己拙劣的写作尝试便来源于此。不单如此，男性写作滋养出来的女性"我"，也汲取了她应当汲取的东西（符合女性的东西），也就是女性创建的写作，这些写作本身也比较小众，极少被男性提及，他们会认为那是女人的玩意儿，因此并不重要。实际上，我生活中认识了一些很有文化的男人，他们不但从未读过艾尔莎·莫兰黛（Elsa Morante）、娜塔丽亚·金兹伯格

（Natalia Ginzburg）或安娜·玛利亚·奥尔特赛（Anna Maria Ortese）的作品，甚至也没读过简·奥斯丁（Jane Austen）、勃朗特姐妹、弗吉尼亚·伍尔夫。而我自己从小就想尽量避开这些女性的作品，我的野心在别处。

我想讲的是，我们的"自我"（写作的女性"我"），前方的道路很艰苦，道路还有待开启，不知道这种情况还要持续多久。我们刚刚准备写点东西，写作的不足带来的相关问题就都冒出来了，我试着把这些问题列举下来。总的来说，没有任何一页文字，无论是精美的还是粗糙的，能真的从深层讲出女性的真相，大部分经常完全不提；总能感觉出一种多余的东西漏出来了，需要专门的容器来装，如果运气好的话，能找到一个合适的容器。你们听听墨西哥女诗人玛丽亚·格埃拉（Maria Guerra）的这几句诗（《风的志向》，华氏 451 出版社出版）：

我有一首遗失的诗。

已经写好

> 在纸上写就
>
> 为了使书成形，
>
> 我徒劳地把它寻找。
>
> 那首诗，
>
> 有风的志向。

我们在写作上的努力，就是会出现这种情况：词语已经准备好了，要"形成一本书"（用玛丽亚·格埃拉的说法），然而它们还没有成形，就打破了界限，消失在风中。

从小我觉得事情就是这样。我小时候一直觉得，自己的表达过于丰富，会经常越界。不仅仅在写作时是这样，口头表达中也是如此：我们必须得限制在女性的话题里；或者在同男性对话时，只能说一些被认为可以说的话，要用女性应有的语调；有时候我们也会说一些男人说的下流话，会笑着说，但同时也表现得很厌恶。剩下的是沉默，我们从来都没能充分表达自己。我们学会了用广播和电视节目里的虚假口语进行表达，这也于事无补。方言也帮不了我们，因为方言里总是有某些东西行不通，让人不自在。

我在使用方言上遇到过很多问题，我不能确信方言比意大利书面语更能说明真相。在《泽诺的意识》中，伊塔洛·斯韦沃通过泽诺之口，认为用源于托斯卡纳方言的意大利语书写的忏悔都是谎言，他认为自己如果用的里雅斯特方言，效果会更好。很长一段时间，我也相信这一点，并做了很多尝试。我爱我的城市那不勒斯，如果不用方言，我觉得没法讲述故事。《烦人的爱》，甚至是"那不勒斯四部曲"，有很多重要的段落都是用那不勒斯方言写的，但后来这些段落要么删掉了，要么改成了那不勒斯方言调子的意大利语。这是因为一旦方言词汇和句法成为书面文字，我觉得比意大利语还要虚假。把方言写下来，原本可以让语句有口语的表现力，在我听来却像是一种背叛。而且那不勒斯方言一旦写下来，就像被消了毒一样，会丧失激情和情感，也丧失了方言通常带给我的威胁感。在我童年及青少年时期的印象中，那不勒斯方言是很粗俗的男性语言，是我在街上遭受训斥的暴力语言，或者有时反过来，也是用来诓骗女人的甜言蜜语。自然，这都是我的个人情感，是我个人糟糕经历的一部分。渐渐地，我发觉方言很有效，在文学创作中，不是像通常的现实主义小说那样使用它，而是把它当作一条地下暗流，语言的调子、解说词，或者突然用粗俗的只言片语打破原本的讲述。

　　无论是以前还是现在，我都认为学会自如运用我们所处的牢笼，这是关键所在。这是一种痛苦的矛盾：怎么能自如利用一个牢笼呢？无论它是一种固定的文学类别，还是固定的表达习惯，甚至可能就是语言本身，例如方言。我认为，斯坦因的答案是可行的：在适应的同时改变它。要保持距离？没错，但只是为了之后尽可能靠近。要避免纯粹的宣泄吗？是的，但之后可以宣泄出来。要倾向于保持连贯？没错，但之后也可以不连贯。要不断修改，让文本趋于完美、文从字顺？没错，但只为了选用初稿。要符合大家对文学类型的期待？没错，不过目的是为了背离这些期待。总而言之，我们要先处于一个形式之中，然后打破它，因为这个形式无论如何也无法容下完整的我们。我觉得这样做是有成效的：那些用文学传统堆积出的华丽谎言很快会暴起，出现裂痕，会针锋相对。我期望这样一来，一种意想不到的真相会冒出来，首先让我自己感到惊异。

我按照这种方式进行尝试，尤其在最近出版的"那不勒斯四部曲"和《成年人的谎言生活》这两部作品中。我不知道它们有没有达到效果，也不知道其他书有没有成功。我只知道，和我前三部作品《烦人的爱》《被遗弃的日子》《暗处的女儿》相比，它们的核心是讲述自己，讲述女性的故事。在前面三本书中，如果说女主角是在为自己写作：她们都怀着暗伤写下自传、日记和忏悔，那么，现在的讲述者"我"拥有朋友，她们写作不再是为了自己，写出自己和世界的关系，而是会讲述其他女人的故事，并通过别人之口讲述自己，这是一种复杂的游戏，有融合，也有跳脱。

在"那不勒斯四部曲"中，关于写作的叙述（埃莱娜、莉拉的写作，实际上还有作者的写作），在我的意图中，是一条连接两个女孩相遇和冲突的故事线，将她们身处的虚构世界和时代连接在一起。我向这个方向行进，是因为最近几年我确信每种叙事内部应该都包含着使之成形的写作历程。因此我尝试讲述这样一个故事，它基于一个事实：两个女主人公从小就通过阅读和写作，让周围充满敌意的世界向她们屈服。她们用一个克莫拉分子的黑钱，买了人生的第一本书。她们一起阅读这本书，还计划两人合作写一本，变得富有强大。但莉拉打破了约定，她在童年时期独自写了一本书，她的文字让莱农很震撼，以至于后者终身都想写出那种风格的文字。

我已经谈了我采用的两种写作方式：一种是勤奋的写作，另一种是打破边界的写作，而我至今并没有完全掌控。我前面已经讲过自己从卡瓦列罗、艾米莉亚与阿玛利亚、托克拉斯与斯坦因、狄金森还有巴赫曼身上得到的启示。所有这些（以及其他我没机会说出的）都是莱农的故事的推动力，莱农想把自身勤奋得来的成果归因于莉拉难以控制的天赋；莉拉则在激励莱农，塑造她的存在，对她的要求越来越高。

写作、出版书籍的"我"是莱农。至于莉拉神奇的文字，在整个"那不勒斯四部曲"中，除了莱农概括的那些，我们永远都不会读到，或者只能通过莱农的文字看出一些端倪。后来我告诉自己：需要虚构莉拉写的信，或者笔记的片段。但我又觉得，莱农内心深处很抵触这一点，她渴望独立，在一段充满矛盾的关系中，她想洗劫莉拉的能量、削弱她，同时又强化莉拉的力量，并从她身上汲取能量。另一方面（在这部小说写得差不多时，我曾反思过），和莱农一同写作的"我"，作为作者的"我"能否写出莉拉的文字呢？我虚构出莉拉神奇的写作能力，不就是在讲述自己写作能力不足吗？

在写作中有那么一个阶段，在故事进展中我产生过一个想法：莉拉潜入莱农的电脑，对文本进行优化，将自己的写作和莱农的写作融合起来。我写了好几页这样的内容，莱农严谨规矩的文字发生了变化，和莉拉难以掌控的写作融为一体。但我感觉产生的效果有些虚假，看起来不协调，所以最后只留下一些尝试过的痕迹。尤其是，如果我按照那条路走下去，就会进一步让莱农的写作风格发生变化，使其成为她与莉拉合作的结果，那样我就不得不彻底改变这个故事的整体构思。实际上，故事有个重要环节，就是莉拉没有遵守约定，她没有和莱农一起写书。莱农只能写了一本侥幸成功的书，类似于在斯坦因眼里海明威写的书，就像巴赫曼提到的平庸之辈，他们只是开启了一段职业生涯，仅此而已。莱农的写作生涯大致如此：她获得了成功，但没有获得真正的满足。她知道莉拉不会喜欢自己的书；她知道，她写作时是试图把莉拉的文字放在一个界限之内；她知道，她只凭自己不可能摆脱糟糕的语言，还有那些看起来很虚假的陈旧意象，而莉拉可以做到。在这个故事框架中，嵌入这两种写作的混合体，这意味着会得到一个令人欢喜的结局。在这个结局里，两位女主角成年之后实现了孩童时未完成的心愿——一起写本书，一本关于她们人生故事总结性的书。在创作"那不勒斯四部曲"时，这样的结局，对我来说难以想象。

最近情况发生了一些变化。在构思《成年人的谎言生活》时，我又重新想起了狄金森的诗，就是我在讲座开头提到的那首诗，我后知后觉，意识到在那些诗句里有个十分重要的时刻。我们再听一下这首诗：

> 历史上，巫术被处以绞刑，
>
> 但历史和我
>
> 我们每天在身边
>
> 都能找到所需的巫术。

我之前没注意到什么呢？我没注意到"历史和我"如何过渡到"我们"以及"周围"的空间。"那不勒斯四部曲"虽然受到了这些诗句的启发，但也没做到这一点。在拥挤的历史中，在众多女性人物还有她们的遭遇中，故事的主线一直都没有断开，一直在跟随"我和你"。当然，和我前三部作品里封闭的"我"相比，莉拉和莱农的相互"融入"（用但丁的词语来描述就是inleiarsi），可以称作一次创举。

但现在我眼里又出现了一种新的限制。两个朋友的"原罪"就是认为靠自己就能成功，莉拉是在孩童时期，莱农则是在成年后。她们都受制于一种严格的区分观念：就是有人通过糟糕的语言写出一些渺小的书，而有人会写出传世之作。莱农后来写出了那些平庸、转瞬即逝的作品，就连她的几个女儿都承认这一点；莉拉则没发表任何作品，后来彻底逃离了。

我在《成年人的谎言生活》中做了别的尝试，我构思了一个故事，但不知道写出这个故事的女性人物是谁。她可能是任何一个人，就是小说中出现的女人中的任何一个，她假装以乔瓦娜的语气，用第一人称自然而然从乔瓦娜的故事开始讲。这个故事本应该很长，一直在虚假和真实之间摇摆，会有这样一个主题，可以概括故事中大部分女性的处境：丧偶状态（Lo stato vedovile）。而我自己发挥作家的功能，会出现在故事中，讲述写作时遇到的困难，讲我怎样努力将不同来源的信息、不连贯的片段，还有看起来类似但实际充满矛盾的情感，以及不同性质的写作整合在一起。不过，在打第一版漫长的草稿时，我就泄气了。我觉得这个作品注定无法完成，它无法成为一个故事，而像一团乱麻。这时除了出版的那本"开场"，我不打算继续写下去，无论如何，我都觉得那本书可以独立面对读者。

如今我想，如果女性创作的文学作品想要获得认可，想要写出自己的真相，这需要每一位女性都出一份力。在很长时间内，我们要暂停区分写出平庸作品和写出传世之作的作家。我们要共同对抗糟糕的语言，它在历史上一直没有接纳女性的真相。我们要彼此交融，把我们的天分融合在一起，不让任何一行文字消失在风中，我们一定能做到。出于这个目标，我想再回顾一次狄金森的诗，今天它带领着我们，把我们引向了这里：

> 历史上，巫术被处以绞刑，
>
> 但历史和我，
>
> 我们每天在身边
>
> 都能找到所需的巫术。

我相信，单纯将女性的"我"和历史放在一起会改变历史。第一行诗中的"历史"，是将女巫送上绞刑架的历史（请注意，一些重要的事情已经发生），它不是、不能再是第二行诗中的"历史"——就是我们身处的历史，在周围有我们需要的所有巫术。

但丁的肋骨

LA COSTOLA DI DANTE

但丁的肋骨

在玛丽亚·科尔蒂[①]一本精彩文论的推动下，我重读了但丁。这是继我高中接触但丁之后，我又一次拿起他的著作。让人注目的是，科尔蒂在 1966 年的一篇文章中，用讽刺语气提到了蒙塔莱（Eugenio Montale）对但丁的见解力，说他"虽然很有想法，但很外行。这在我们的作家中很流行，要么很空洞，要么天马行空，总是习惯于快速翻阅一两篇文章，就在自己的文化荒地上进行开垦，马上动笔写些东西"。我赞同她说的每个字。但我为什么要在这里班门弄斧，验证五十五年前，科尔蒂对我们这些沉迷于写作冲动的人所说的话？

[①] 玛丽亚·科尔蒂（Maria Corti, 1915—2002），意大利作家、文学评论家。

我想说，这是出于爱。确切地说，那是我小时候
第一次读但丁还有他的朋友们的诗歌时，固定在我脑子
里的爱：爱与恐惧、颤抖，甚至是痛苦和恐怖相连。这
让十六岁的我很受启发，觉得爱就是受罪，是冒险。这
并不是因为死亡总是会冷不丁出现，而是因为爱的本
质，它有一种能量，会让生命的精神充满力量，也会带
来屈辱，让人昏聩。与此同时，我内心深深刻下了这种
印象：没有爱，无论是在天上还是在地上，任何人，包
括我们，都不可能获得救赎，因此挺身而出、冒风险是
无法避免的。我写下这些文字，就是先要在自己面前承
认，我以前和现在都很爱但丁，却被他的文字散发的力
量搞得筋疲力尽。仅仅想弄清这种爱的源头就很艰难，
而且我也做不到科尔蒂提倡的细读，这让我很担忧。因
此我决定抓住从高中到大学期间（我当时一心想写作）
从但丁那里学到的几样东西，经历无数误解和调整，这
些东西根植在我脑子里，就像是自己的东西。

　　五十年前我开始研读但丁，他受普罗旺斯、西西里和托斯卡纳的诗歌成就推动，开始创作，他打造了一种新风格，无意中代表了城邦统治阶层对高雅文学的追求。他全身心投入学习，并成为真正意义上充满智慧的诗人和哲学家，将基督置于人类历史的中心。最后，他以亚里士多德的理性主义为基础，建造了《神曲》的宏伟框架，只是最后一章略带了一丝神秘主义色彩。

　　我当时很勤奋地记下了这些论述，如果有必要，我依然会在调整之后使用这些表述。但如果要说出在我十几岁时真正影响到我的东西（与其说是作为女学生的我，不如说是一个青涩读者、有志于成为作家的女孩），我想从一个发现开始讲起，也就是但丁一直执着于讲述写作行为。他通过文字和比喻不断展示写作的力量、写作无法表达的东西、成功的偶然性，还有写作的失败。

　　但丁对于写作失败的展示让我感到不安。在我看来，但丁即使在强调自己成功的同时，也无法摆脱一种想法，也就是把体验通过文字保存下来，会让人产生极大的失望。这里我就不赘述我在笔记本里找来的众多引文。我只是想说，在高中第一次读到但丁时，我就为博纳仲塔①感到痛苦。但丁在《炼狱》第二十四章中，通过博纳仲塔之口说出的那些话，让我很感动。

> "噢，兄弟，现在我明白了问题的症结。"他说，
>
> "那束缚着书记官、圭托内和我的手脚，
>
> 让我们无法抵及我在此处
>
> 聆听的清新体！我清楚看出，
>
> 你们的笔如何紧跟爱神的口述，
>
> 而我们没有做到；
>
> 谁要想更上一层楼，
>
> 就不会太顾及什么风格差异。"

---

① 博纳仲塔（Bonagiunta Orbicciani，约 1220—1290），托斯卡纳诗派的代表诗人。在《神曲》中他告诉但丁，但丁已经和其他诗人一起创造了"清新体"（Il dolce stil novo）。

　　我因为那句"现在我明白了"而痛苦。那句话饱含忧伤，承认了自己的无能，就好像在说：好了，现在我终于意识到有一道障碍需要突破。但丁，你发现了这一点，通过自己的努力克服了困难，然而书记官、圭托内和我都没有做到。

　　为什么一个人成功，而其他人失败了？因为缺乏灵感？因为情感愚钝？缺乏头脑和理解力？就像大家所说，对自己的时代缺乏了解？不是这些原因。我觉得惊讶的是，博纳仲塔认为这是速度的问题。我承认，读到这几句诗时，我想到了小学的听写，我很担心跟不上（这种情况经常发生）老师在讲台上大声朗读的文章，我会迷失方向。公证人拉蒂尼①、圭托内②和博纳仲塔的问题症结也在这里。在我看来，博纳仲塔本人的错误不是没有

① 公证人（Notaro），指《神曲》中提到的勃鲁内托·拉蒂尼（Brunetto Latini, 1220—1294），意大利哲学家、学者、政治家，对意大利诗歌和但丁有重要影响。
② 圭托内（Guittone d'Arezzo, 1235—1294），托斯卡纳诗人，也是托斯卡纳学派的创始人，创立了意大利十四行诗的规则。

侧耳倾听爱神的启发和口述，而是因为跟不上，就好像在从声音到文字转变的过程中，他很缓慢，让人焦心。

　　不得不说，对于一个渴望写作的读者来说，这种印象依然很强烈。同时在这些年里，对于但丁的神秘主义解读（马里奥·卡塞拉[1]、玛丽亚·科尔蒂、达维德·科伦坡[2]），让我产生了这样一种观念，就是爱神带来灵感，并对他"内心诉说"，让他的笔能记下来，表达出来，这一方面表达了他的创作关系，另一方面也解释了他的创作中遇到的困难。作为诗人但丁，他设定了这样一个情节，展示出成功和失败是一枚硬币的两面。温柔的话语从内心涌现出来，从内心活动变成外部的文字，这需要一个高效而有能力的抄写员。如果这个过渡没有快速完成（博纳仲塔承认：你们的笔／如何紧跟爱神的口述／而我们没有做到），失败是必然的。《神

---

[1]　马里奥·卡塞拉（Mario Casella，1886—1956），意大利语文学家。
[2]　达维德·科伦坡（Davide Colombo），意大利米兰大学文学教授。

曲》中的人物但丁能突破瓶颈（古列尔莫·戈尔尼），因此他能写得很快，紧跟爱神的口述，但博纳仲塔就没有突破瓶颈、摆脱束缚，因为他太慢了。

这种束缚的本质是什么？让抄写员无法快速用文字记下爱神的指示。我觉得但丁也暗含了自己，他提到了"风格"（stile）这个词：有一种古老的风格，按照这种风格，写作的手是训练出来的，书记官、圭托内和博纳仲塔，还有我——但丁——都受过这种风格的训练；但我现在摆脱了这种风格的束缚，因为它对我来说已经不够了。爱神的口述需要另一种风格，是训练之外的东西。这种写作就是打开束缚，忘记之前受到的训练，就好像（正如他在《新生》里写的，也是我在笔记本上抄录的）"那些文字**几乎**是自己倾泻出来的"。

我把那些相去甚远的段落放在一起。那个"几乎"（quasi come）在我看来很重要。也就是说：抄写员要学习，要达到那种熟练程度，语言在成为文字的过程中，就好像是从内部倾泻出来，从内心自动落到纸面上。要想推陈出新，树立新风格（stil nuovo），就应该对旧风格的边界进行探索，突破它，这样就能获取完整无缺的写作，不会漏掉爱神的任何口述。博纳仲塔（我想）本来想写得更好，但他没有学会，没有掌握紧跟爱神口述的必要技能。但丁全然不同，他可能要比过去和未来的任何作家更能认识到，也更害怕写作的局限性。他一直在与之做斗争，他认为这是人的一部分，因为人生很有限也很短暂。他对于新风格的痴迷，很快在他的作品中体现出来了，这源于他对写作会限制写作的意识：每个词都有它的传统，每一次言说都会酝酿第二次言说；契马布埃①的内部出现了乔托②。需要不断学习，独立学习或属于某个流派，总是基于其他人的写作，你的笔越是

---

① 契马布埃（Cimabue，约 1240—1302），文艺复兴初期佛罗伦萨画家。

② 乔托（Giotto，约 1267—1337），被认为是意大利文艺复兴时期的开创者。

受到训练，像运动员一样，就能越来越快，能够捕捉爱神的声音，抓住传统写作没注意到的东西，就会写出前无古人的作品。总之，那是个不会存在很久的牢笼，但有必要存在。

如此，在我看来，《神曲》是个非凡的陷阱，是用了很长时间仔细准备的。我现在依然觉得，在但丁之后的七百多年里，没有任何作家能够把对自身所处时代活生生的、深刻的分析，对于过去文本的记忆，装入这个笼子里。这里挤满了各种生活，从整体和个体角度都有细致的构思，既有个人的激情，又有细致入微的地方性、普遍性。有人很慷慨，好心提出普鲁斯特也做到了，我也想说服自己，但没法做到。

在我看来，从我很多年前第一次读但丁起，我对这个神奇的陷阱就有强烈的认同感。在我这个渴望写作的读者的基本书单上，但丁的天分最令人惊异。方便起见，我想停留在他与博纳仲塔的相遇上。读到这里时我很振奋：那一句"我是其中之一"（i'mi son un），对自己作品的骄傲跃然纸上。但两行诗句之后我就开始难受，为博纳仲塔感到痛苦，他很诚实地承认了自己的失败。但丁就是但丁，有着他的傲慢，作为一种风格的开创者，他感到无限骄傲，但同时他也是被超越的博纳仲塔。他对于城邦的描述是通过博纳仲塔的记忆来呈现的。但丁把博纳仲塔的失败呈现出来，他自己也同样焦灼，因为人生没有足够的时间，让他做得更好。

但丁进入他人内心的能力，常常让我很惊异。尽管是以自传体的"我"为轴心，有其固有的局限性。他充满表现力的语言、简洁又惊人的表达，经常寥寥数语就可以把一个人物的行为、一个充满情感又夹带一丝怨恨的姿态落在纸面，我觉得这就是"感同身受"产生的效果。但丁的描述绝不仅仅是描述，而是一次自我"移植"，是心快速跳跃（只有几秒），从内部跳向外部。有些对话，尤其是当对话很密集时，半行诗一句话，那都是充满矛盾的角色之间狂热的交锋。在理解的支撑下，从自我中出来，沉浸其中变得疯狂（这正是沉浸式捕捉），但丁对任何东西，有生命的、没生命的、错误的、恐惧的，都充满理解。

也许"感同身受"产生的力量，在《神曲》中过于明显（几乎是一种不可抑制、想要拉近距离的需要），不仅仅会被作为诗人和讲述者的但丁看到，也会被读者但丁观察到。在上学时，他那些比喻的感染力让我很震撼。后来我有了其他学习的机会，我领会到，那些意象通常都来自对不同性质的作品的阅读，虽然这个过程从来都不是一种重写、致敬或忠诚的翻译。但丁在阅读异教的诗句，或者《圣经》、哲学、科学，或者神秘主义的文字时，他都能进入到别人文本的最深处，获取意义和美感的秘密，找到自己的表达。

有时候这些操作奏效了，会让人记忆深刻，有时好

像要失败，就好像原来的文本没对他口述清楚，他没有
马上注意到该注意的地方，或者说漏掉了什么东西。但
当但丁进入一个文本，带着战利品回归自我，我觉得，
他的语言释放的能量绝对毋庸置疑，虽然和格言警句相
比，有些句子听起来杂乱无章、很隐晦，有时甚至很
糟糕。

　　我必须说，那些显得杂乱的诗句更吸引我。我怀
疑，那种凌乱和糟糕的感觉，在但丁身上证明了一种
提高筹码的倾向。在《地狱篇》《炼狱篇》《天堂篇》中，
我都看到了一种突破自己想象和能力的尝试。有时我
会想：即使是那些最深刻、犀利的注释也跟不上他。
我深思熟虑，告诉自己：他不仅把自己，也把我们的
美感抛在脑后。我们在阅读和写作上过于慎重，很怯
懦，但他全然不是这样，他发现可以通过否定诗的方式
写诗。

　　为了表达那种"感同身受"的冲击，他留给了我
们一些词语（在《天堂篇》第九章里，他推测天堂在

寂静中交流的幸福，就是混入或和神秘的光交融的幸福）："成为他"（inluiarsi），"成为你"（intuarsi），"成为我"（inmiarsi）。这些动词都过于大胆，没能流传下来，我们更能接受一个我一直都在用的词——"感同身受"。虽然如此，但我在他使用的词语里看到了任何一个想写小说的人最大的愿望：梦想挣脱自己，毫无障碍地成为其他人，就是你我交融，是语言和文字的流淌，感觉不到差异的障碍。

然而让我惊异的是，但丁从来都没有造出"成为她"（inleiarsi）这样的词。虽然女性对他有强烈的吸引力，他具有**女性的**敏锐（有意思的是，庞德认为但丁的诗句是女性的，重音总是在倒数第一个音节上，这个发现很重要）。他非常大胆，把自己比作异常敏感的女祭司西比拉（Sibilla），从出生时起就能接收到一些难以察觉的信号，也非常脆弱（克劳迪奥·琼塔①）。更有说

---

① 克劳迪奥·琼塔（Claudio Giunta），特伦托大学意大利文学教授。

服力的是，他把自己想象成贝雅特丽齐，这是他创新中的创新。

在这里，我想做个小小的更正。我说过，我决定写这篇文章是出于对但丁的爱。事情的确如此，但因为我期望尽可能表达"真实的"东西（对于写作的人，真相总是居于首位，对于但丁来说也一样）。我想说得更准确一些，我对但丁的爱，和他最大胆的创造，也就是贝雅特丽齐密不可分。尤其是，如果忠于我在青少年时期的阅读记忆，我必须补充一点，正是因为她，我很快爱上了但丁。我对但丁充满感激，他把自己塑造成一个担惊受怕、迷失在密林里的男性，会因为看到别人的痛苦而哭泣、晕厥。他被一个真实存在过的佛罗伦萨女人拯救，在救赎之前，她有一段时间拒绝跟他打招呼。她后来去了另一个世界，又对但丁进行点化，让他摆脱了幼稚、疯狂的状态。

到现在我们还是很难明白，她到底做了什么。但丁研究者顾尔尼①强调了这一点，说贝雅特丽齐是"西方文学史上，唯一被赋予了那么多荣耀的女性角色"。为什么只有但丁把他的女人置于当时女性等级那么高的位子上？他用了什么手法让她身上这么高的荣耀看起来让人信服？

　　这个问题我想了很多年。他把贝雅特丽齐提升到这么高的地位，我想，可能在他那个时代，这是完全不符合常规的，但实际上，但丁完全符合规范。例如，他排除了是女人首先开始说话——这种高级的行为，他认为，讲话的特权专属于亚当，他呼出了第一个词语是：Deus——上帝（在阅读《论俗语》时，我想象第一个女人，因为没有自己的语言，出于需要，她学会了蛇的语言，如果她想要获得造物的智慧，那是唯一可用的语言）。无论是在巴别塔之前还是之后，女性使用的语言都没有任何尊严，在《飨宴》中，女性的语言被拿来

────────────

① 顾尔尼（Guglielmo Gorni，1945—2010），意大利语文学家，但丁研究者。

和儿童的语言相提并论。女性因美貌和沉默著称,但丁《诗集》里年轻的贝雅特丽齐,还有《新生》中一半以上的诗歌都毫无例外。

但丁对日常生活中的她的描述是:她穿着色彩得体的衣服,很保守,和但丁的先人卡恰圭达(Cacciaguida)口中那些放荡的佛罗伦萨女人全然不同。但她异常美丽,在按照男性欲望设定的等级中,她占有重要的位置。在但丁的梦中,她赤身裸体,一言不发,身上覆盖着一层透明的红纱。那种用轻纱笼罩的赤裸,是纯洁的象征,这没有任何说服力。她顾盼生辉,嘴上带着轻笑。如果一切正常的话,他们无法开启一段对话,她出于拯救目的,没跟但丁打招呼,只能让这个男人张口结舌、浑身颤抖。总之,年轻的诗人但丁受到普罗旺斯诗歌中女性形象的束缚,这种形象影响了当时意大利的西西里诗派和托斯卡纳诗派,被圭尼泽利 ① 重塑,

---

① 圭尼泽利(Guido Guinizelli,约 1230—1276),清新体派诗人。

卡瓦尔康蒂① 又为之增添了让人不安的特点。

但在这个年轻女人死去之前，有些事情开始发生变化。在《新生》中，我觉得贝雅特丽齐不跟他打招呼的有些时刻很美。我高兴地看到贝雅特丽齐和几位活泼的女伴在一起，戏弄他，让他呆若木鸡，仿佛失去了意识。他靠在一堵彩色的墙壁上，就好像只是一件物品，是画中的人物，虚构中的虚构。《新生》第十九章的转折也让人记忆深刻，当但丁经过一条河边的路，河水很清亮，他产生了一种"强烈的诉说愿望"（tanta volontade di dire），一种强烈的推动让他改变了语气。他抹去了文学服务于爱情的常规，取而代之的是对尊贵女性的无上赞美。

所有的课本都会节选这一段，我也记住了它的重要性：那是一段漫长的学习时光的起始，以及随之而来的自我转变。但最终留在我脑子里的一直是那句"强烈的

---

① 卡瓦尔康蒂（Guido Cavalcanti，约 1258—1300），托斯卡纳诗派诗人。

诉说愿望", 后面就冒出来那句诗 (我的舌头好像自己在说): 女人, 你们拥有爱的智慧。因此, 如果我要思考《新生》第十九章里到底发生了什么转变, 我会很难用这些话来回答: 历史上的贝雅特丽齐, 从一个有血有肉的 "你", 变成但丁诗歌中一种极纯的材料。我马上想到的却是, 他对诗歌受众的定义给我留下了很深的印象: 女人, 你们拥有爱的智慧。女人, 也就是说, 你们不是 "单纯的女性", 你们有能力懂得爱。

我感觉, 在那段著名的诗句中, 所有女性都有被提到, 不是因为女人会被爱情奴役, 甚至不是因为她们拥有高贵的心灵。但丁重新塑造的词语是 "智慧" (intelletto), 这个词具有很复杂的典故, 后面形容词所有格的地方, 紧跟了另一个词——爱 (Amore), 这个词也有同样复杂的典故。但丁迈出了惊人的一步, 在文本分析中, 只有避免把 "纯粹的女性" 和象征形象对立起来, 才能看到他的创举。夏娃的女儿们, 总体来说仍然是 "粗俗的群体", 但她们中间的 "高贵的女性" 已经从大众中脱离出来，她们已经和那些讨厌、邪恶的女人，比如《炼狱》第十章中大卫的妻子米甲区别开来。她们以智慧著称，可能属于《飨宴》中勾勒的社会阶层：是那些没能获取知识的人，并不是他们自身的原因，或者说因为懒惰和肤浅，而是因为他们"忙于照顾家庭，或负责社会事务"。对于这个精英阶层，敏感、富有文化的诗人，用爱神口述的语言对他们说话。因为他知道**那种**语言，会被**那些**女人领会，当然了，她们的语言只能是女性的语言，因此本质上没法使用，她们无法言说，只能接受称赞。然而，她们被认为可以领会一些复杂的赞美之词，诗人通过一个最能代表她们的人来赞美她们：不是高贵的，而是最高贵的贝雅特丽齐。《新生》的年轻作者把性吸引力、美色等级放置在一边，他基于自身的理解力，创建了一个新的女性等级。抹掉了性欲目的，一个高贵的女性群体凸显出来，通过她们的美德感染着男人同样高贵的心。但丁划出这个群体的女性，可以给她们阅读、展示作品，说出艰涩的思想，并且知道她们会理解。

如果他只停留在这里，在我看来，他已经在时代的局限下完成了一个了不起的壮举，就是从男性的角度赞颂女性的潜能。然而正如我们所知，他没有停留在这一步，至少在高中和大学期间，我是这样认为的。

也许他意识到，女人的世界不仅仅是他眼前看到的那个世界：被家务压垮的母亲、被丈夫看管的女人、暴露在各种暴力下的贫穷少女、行为放荡的妇女，或者像弗朗西斯卡那样的贵族女性，沉迷于阅读骑士传奇小说，任凭自己的生活被席卷。也许在《新生》的最后几行，他已经意识到有些女人可以有更复杂的生活，这些女性形象是全新的，也充满风险。比这些女性更新的形象，但丁赋予了她们爱的智慧。这时他合上了自己的小册子，决定再也不写贝雅特丽齐了，除非他找到了进一步打破老框架的力量，"来讲述她，并说出那些从来没人说过的话"。

他真的做到了。他用了几年时间努力学习，加上顽强地四处飘荡。当贝雅特丽齐在《神曲》中再次出现时，她不仅是个拥有爱的智慧的女人，也不仅是个高贵的女人。但丁灵光一现，让她发生了彻底改变，正如比安卡·加拉韦利①在对《神曲》的评论中指出的，但丁让她从沉默中走出来。我不知道这一点在其他地方是否被更多提及，至少对我来说，这是个非常重要的事实，但丁值得拥有一个纪念碑，因为他让这位佛罗伦萨女孩拥有语言的天赋。

贝雅特丽齐现在说话了，她说的不是那种微不足道的女性语言，也不是简单的几句问候。贝雅特丽齐像男人一样说话，也许比男人更好。例如，她像但丁一样，在《地狱篇》第二章中，通过维吉尔之口说："爱打动了我，让我开口说话。"而在《炼狱篇》第三十章中，她的语言发生了质变，让人目瞪口呆。总之，为了说出

---

① 比安卡·加拉韦利（Bianca Garavelli, 1958—2021），意大利作家和文学评论家。

那些从来没人说过的话，但丁已经尽了最大努力，他已经"关掉了"（spento）亚当最初完美无缺的语言。他开始支持这种观点：男人女人说话是一种自然行为（《天堂篇》，第二十六章）。他赋予了邻家女孩——贝雅特丽齐·波蒂纳里（Bice Portinari）无上的荣耀，她死后完全脱离了"单纯的女性"，不仅获得了天堂的位置，还获得了非凡的知识和口才。

这就到了最让我振奋的地方，贝雅特丽齐在地狱的边境（Limbo）、伊甸园，还有天界之间，毫无疑问成了权威，她把女性和男性的技艺混合在一起。她有情人、母亲的语气，但让人惊异的是，也有"海军上将"的气势。在死后的日子里，她具有很高的地位，这让她可以给讲述者——一个男性的我，"幻象"的主角做出表率，她和圣奥古斯丁、博爱修斯 [①] 没什么不同。她作为

---

① 博爱修斯（Severino Boezio，约 480—524），也译作波伊提乌，6 世纪早期哲学家，也是经院哲学第一位哲学家。

天堂中的女性，权威很大，可以授权让叙述者"我"进行一场持续了六十四章的漫长旅行，这些诗句的作者就是——但丁。

而这只是个开始，紧接着，正是因为她的地位，贝雅特丽齐作为已经过世、进入到一个更好世界的女人，也就是说，她不再被那个长着明眸的少女的美丽肉身所束缚，而是成为完全成熟的人，可以无情指责她的男人。她对但丁的训斥具有报复的所有特征。她仿佛在说：看看我，这就是掌权的我，你没看到我的蜕变，你还停留在以前那个我的阶段。这个错误让但丁流下了悔恨的眼泪，因为他仍然保持着他塑造的、永远是孩童的那个贵族女性形象。他没有及时领会这一形象的解体，而是继续让她停留在"小女孩"（pargolette）的形象。这些小女孩自然不能有强烈的自我意识，还有对爱神的感知，她们顶多能默默领会男性语言对她们的赞美。但是现在，一个不再受人世生活束缚的女人，我们可以看到意识、知识和言语如何"装点美化"（abbellarsi）她自身。

但丁从什么地方获取创作元素，来塑造最终的贝雅特丽齐呢？ 20 世纪最后三十年的学术研究（随着时间的流逝，我也了解到了这一点），用丰富的例子展示出：在中世纪，女性的角色要比男性求爱时承认的更多样、更广泛，存在一些有文化的女性，她们冒着风险，阅读和评论《圣经》。而事实上，如果我们耐心去列举在《飨宴》中诗人兼哲学家提出的那些复杂的哲学问题，会觉得很惊异。他很公平地认为，有些人，尤其是没有闲暇、有很多事务的女性，会创作出饱含学识的诗歌，会对其他人的诗歌做出深刻的评论——但丁赋予了贝雅特丽齐这些能力。我和当时的想法一样。现在我想把但丁和 13 世纪德国神学家埃克哈特大师（Meister Eckhart）放在一起，因为在上个世纪末的学术浪潮中，路易莎·穆拉罗 ① 在她的《女性之神》(*Il Dio delle donne*) 一

---

① 路易莎·穆拉罗（Luisa Muraro，1940— ），意大利哲学家，代表作有《象征的母亲》等。

书中将他们放在一起。就像埃克哈特大师在他的著作中吸收了中世纪修女的经验一样，但丁看到那些女学者——给《圣经》做注的女人，重新打造了贝雅特丽齐的诗歌形象。这并非为了证实贝雅特丽齐（仅仅）是神学的象征，这些老生常谈。贝雅特丽齐不（仅仅）是个象征，但丁在文字中把她想象成一个具有上帝的智慧、掌握了抽象语言的女人，把她打造成（我很乐意这么想）马格德堡的玛蒂尔达（Matilda di Magdeburgo）、宾根的希尔德加德（Ildegarda di Bingen）、诺威奇的朱莉安娜（Guliana di Norwich）、玛格丽特·波莱特（Margherita Porete），或福里尼奥的安吉拉（Angela di Foligno），她们都是神学家。他赋予了一个女性形象科学、神学和神秘的知识，这也是他的知识学问，是他通过学习获取的，是从他的一根肋骨中得到的。但要做到这一点，我们说，在"成为她"的过程中，会促使但丁用他带着神秘主义倾向的理性主义、有幻想色彩的现实主义，想象女性生活的其他可能，因此我们应该对他心存感激。贝雅特丽齐这个纪念碑一样的形象，让但丁的贡献比其他很多世纪的人更大。如果但丁——贝雅特丽齐在《炼狱篇》第三十章，说出的第一句话的第一个词——听起来像亚当口中的"上帝"，那是第一个用泥土做成的人从他的创造者那里得到了语言这个"礼物"。亚当第一次虔诚地对他表示感谢，我们也只能接受。

关于作者

　　埃莱娜·费兰特著有小说《烦人的爱》，意大利导演马里奥·马尔托内（Mario Martone）根据这部小说拍了一部同名电影。她的第二部小说是《被遗弃的日子》，由导演罗伯特·法恩扎（Roberto Faenza）拍成电影。在书信访谈集《碎片》中，她讲述了自己的写作生涯。2006年，E/O出版社出版了她的小说《暗处的女儿》，2007年出版了儿童读物《夜晚的海滩》，2011年出版了《我的天才女友》，2012年出版了"那不勒斯四部曲"第二部《新名字的故事》，2013年出版了第三部《离开的，留下的》，2014年出版了最后一部《失踪的孩子》，是2016年布克国际奖的入围作品。

　　2018年秋季，在意大利电视台（Rai 1）、天威视讯、美国的 HBO 上映了萨维里奥·康斯坦佐（Saverio Costanzo）根据《我的天才女友》拍摄的第一季电视剧，紧接着在 2019 年，播放了第二季《新名字的故事》。

2019 年，E/O 出版社出版了《偶然的创造》收集了作者在《卫报》上发表的由安·戈德斯坦（Ann Goldstein）翻译的专栏文章，同年出版了小说《成年人的谎言生活》。

2021 年，她的创作荣获"乌得勒支国际文学节贝尔·范祖伊伦奖（Belle van Zuylen Prize）"和"《星期日泰晤士报》杰出文学奖（Sunday Times Award for Literary Excel）"。

陈英　译